상미

상미

차예랑 산문집

램프앤라이트

차례

작은 서문 8

1부_세 사람의 시작

상미	12	섬1	40
엄마	13	그	43
소시지빵	15	1호 소	45
겨울	18	12월 12일	46
글1	19	엄마의 두려움	48
새들의 오후	20	까치	50
숲	21	선생님께	52
팔	23	선생님의 답장	56
이방인 첫날	25	사람의 걸음	60
내가 살던 나라	26	문장	61
나는 사실 상미를 닮았던 것이다	28	서른	63
서울 풍경 (여름)	31	겨울의 달	66
고독한 고통	32	엄마의 밤	69
향의 편지	36	아침 기도	72
겨울 볕	38	신은 어디로부터 오실까	74
빈집 90년 서울	39	미국 할머니	76

2-1부_세 사람, 상미

4월	78
나의 나무	79
상미를 소개하며	81
상미는 날마다 얼굴을 찍는다	82
상미의 목소리	84
첫눈	85
상미의 얼굴	86
서울	91
산 너머 다리 너머	97
목장의 딸	99
엄마의 탄생	105
90년대 토요일	110
부모의 시간	114
노크	116
딸의 식탁	117
엄마가 큰 산을 넘기 전	122

상미의 아버지	123
상미의 편지	125
새벽	127
엄마의 우는 얼굴	128
너를 키우며	131
빈자의 삶	133
칼란도	134
엄마에게	136
목련나무 아래에서	137

차례

2-2부_세 사람, 영주

135에서 602에게	140
영주	142
층의 풍경	147
노인의 눈	149
Dream Happy Dreams	151
어른	157
노인의 얼굴	158
참척	159
다락	165
레슬링	171
집	174
주말 저녁	176
서울 풍경 (병원)	178
생	179
우리의, 영주	180
영주의 일기	182
함	183
영주의 편지	189

2-3부_생명

지知	192
이 선생님	193
슬픈 밤	196
8월 어느 밤	197
누 사람	199
P	203
유성	207
정초	209
어느 한날의 죽음	210
생명	213
삼 일의 연도	214
죽음에 대하여	216

3부_세 사람, 나

나의 탄생	221	개들의 배	270
0	223	아빠의 편지 (가을)	274
서울 블루스	226	갯바위	276
경주에서	230	불면의 밤	277
냄새	231	웨이터의 얼굴	279
초보 인간	234	첫 통화	287
글2	239	범	291
타는 석양으로	240	고행자의 발걸음	293
사유의 대지에 서서	245	어떤 이의 이력과 생애	296
이방인	246	답장	298
이방인의 노래	251	해방	302
원숭이가 올 때	257	아빠의 편지 (봄)	305
아이들은 집으로 돌아간다	260	봄	307
선생님의 편지	262	섬2	308
P의 목소리	263	마치며	309
작가의 생	265		
일기	266		
파브르	267		

작은 서문

나는 끊임없이 되묻는다.

나는 무엇을 말하고 싶은가.
나는 무엇에 정직하고 싶은가.

1부

세 사람의 시작

'그 겨울 오후 5시 20분, 간호사의 '따님입니다' 하는 소리에 고개를 돌려 보니 동그란 눈을 뜨고 엄마를 바라보던 너의 얼굴. 갓 태어난 아기가 어떻게 그렇게 동그랗게 눈을 뜨고 있었을까? 하얀 분을 바른 듯한 얼굴로 "엄마?" 하고 말을 걸 듯 동그란 눈을 뜨고 나를 바라보던 네 모습이 조금 전 일처럼 선명하구나. 그렇게 우리 집에 나타난 나의 보물. 너는 언제나 엄마의 자랑이었단다. 무엇을 하든 모든 것이 너에게 맞춰져 있었지.

네가 걸음마를 할 때, 네가 세발자전거를 탈 때 얼마나 사랑스러웠는지. 그런데 네가 자라며 엄마의 기대와 욕심에 엄마가 너를 힘들게 한 것이 너무 많았지? 나는 네게 나의 기대와 욕심 때문에 너무나 많은 것을 요구한 철없는 엄마였어. 너를 힘들게 한 것도 너무 많았지. 엄마는 왜 너를 더욱 사랑해 주지 못했을까?

부족한 엄마를 용서해라. 그래도 너는 너무나 예쁘게 잘 자라 주었지. 너무나 고맙구나.

엄마는 너의 강인한 마음과 정신을 너와 처음 만난 그 겨울에 이미 보았단다. 엄마는 네가 자라며 스스로 이겨 내고 너무나 씩씩하게 삶을 헤쳐 나가는 모습이 대견하기도 하고 또, 부럽기도 했단다. 네게도 많은 순간, 내가 알지 못하는, 삶의 너무 큰 고통들이 있었겠지. 참고 이겨 낸 우리 딸. 대견한 우리 딸.

그리고 동그란 눈의 당찬 우리 딸이 어느 순간 나에게 친구처럼 다가왔어. 너무나 친절하게. 네가 엄마의 손을 잡아 주어 같이 이야기도 하고, 여행도 가고. 동그란 눈을 하고 찾아온 작은 천사가 이제는 나의 친구가 되었구나. 엄마는 얼마나 든든한지 모른다. 앞으로 또 어떤 삶이 네게 다가올까. 용기를 내고 힘을 내어 높이 뛰는 너를 그려 본다.

엄마는 응원하며, 너를 기다리고 지켜 줄게. 사랑한다.'

엄마가

상미

나의 삶은 분명, 상미의 최선이었다.

엄마

지하철을 기다리며 긴 침묵이 흐르다가 문득 엄마의 눈을 들여다보았다. 엄마에게 물었다.

"엄마는 어때?"

엄마는 어떻게 지내는지 묻는 말이었다. 엄마는 요즘 무엇을 생각하는지, 엄마는 요즘 무엇에 관심이 있는지, 엄마의 요즘 기분은 어떤지, 엄마는 무얼 먹고 싶은지, 엄마는 어떤 꿈을 꾸는지, 엄마는 무엇을 하고 싶은지, 엄마는 앞으로 어떤 삶을 살고 싶은지 그 모든 것을 묻는 말이었다. 나는 문득 엄마가 아닌, 상미의 삶이 궁금했던 것이다.

그것을 묻는 순간, 나는 참 이상한 기분이 들었다. 오랜만에 만난 이에게도 궁금함을 못 이겨 이것저것 묻는 것이 당연한 일인데, 나는 왜 나와 모든 삶을 같이한 엄마에게 많은 것을 묻지 않앉던 것일까. 오래도록 엄마에게 어린 상미 젊은 상미의 삶에 대해 물어보았지만, 한편으로 나는 오래도록 지금 이 순간의 상미의 삶은 모르는 척 살아왔던 것이다. 그리해서는 안 될 일이었다. 엄마가 아닌, 상미의 시간 또한 지금도 나와 똑같이 흐르고 있었다.

하지만 나는 이내 들려온 엄마의 대답에 고개를 숙이고 말았다.

"좋아. 네가 좋아서 나도 좋아."

그 말은 내가 평안히 잘 지내니 엄마도 모든 것이 좋다는 말이었다. 상미의 삶은 온통 나로만 채워져 있었던 것이다. 책임을 넘어 사랑을 넘어, 한 작은 생명을 몸 안에 품던 그 순간부터 지금까지 상미의 마음과 삶은 온통 나로만 채워져 있었던 것이다. 예전 같으면 나는 좀 더 구체적으로 따져 물었을 것이다. 어쩌면 엄마에게 상미의 삶을 살라고 강요했을 것이다. 그러나 나는 오늘, 상미의 삶을 깊이 생각하며 더는 아무것도 묻지 않았다. 그저 목이 멘 채로 지하철을 탔다.

소시지빵

한동안 내가 끝도 없는 걱정에 짓눌려 곡기를 끊었을 때, 온종일 식음을 전폐한 다음 날이면 엄마는 다 큰 나를 데리고 빵집에 갔다. 처음, 무슨 빵이 먹고 싶냐는 물음에 나는 난데없이 소시지빵이 먹고 싶다고 했다. 그 당시 무언가를 먹고 싶은 생각도 의지도 완전히 상실했던 나는 밖에 앉아서, 소시지빵을 사 들고 오는 엄마를 가만히 바라보기만 할 뿐이었다. 다른 것은 먹지 못해도 엄마가 건네주는 소시지빵은 그 자리에서 말없이 다 먹었다.

나는 소시지빵을 먹는 날이 점점 더 잦아졌다. 온종일 식사를 거르는 날이 잦아진 탓이었다. 그런 날이면 엄마는 아무 말도 않고 나를 빵집으로 데려가서 소시지빵을 사 주었다. 다 큰 어른인 나는 엄마가 사다 주는 소시지빵을 받을 때마다 매번 목이 메어 그 자리에서 말없이 다 먹었다. 사실상 식음까지 멈추며 점점 쇠

해 가는 까닭은 어른이 되어서도 나약한 내 자신에 대한 깊은 실망 때문이었다. 나는 아이와 같았고, 더욱 아기가 되어 가고 있었다. 그런 나 자신이 너무나 싫어서 어리석게도 식사의 의지까지 잃은 아이 같은 나에게 엄마는 그저 끝까지, 엄마로서 최선을 다할 뿐이었다. 엄마는 결코 강하지 않았지만, 엄마이기에 너무나 강했다.

나는 그 후로도 많은 소시지빵을 먹었다. 그리고 어느 때부터인가 다시금 차츰 식탁에 앉기 시작했다. 그렇게 엄마와 식닥에 마주 앉은 어느 날, 엄마는 내게 볕이 좋으니 오랜만에 같이 걷자고 했다. 그날 우리는 꽤 오래도록 먼 길을 걸었다. 엄마와 내가 오후의 볕을 받으며 흔들리는 갈대밭을 지날 때였다. 엄마는 내게 사진을 찍고 싶다고 했다. 그때, 흔들리는 황금빛 갈대 앞에 서서 나를 보며 웃고 있는 엄마의 얼굴에서 나는 문득, 말없이 소시지빵을 사 오던 엄마의 얼굴을 보았다. 한결같은 엄마의 얼굴, 도무지 언제 늙었는지 모를, 엄마의 얼굴이 갈대와 함께 흔들리고 있었다. 나는 그 얼굴을 가만히 보다가 너무나 눈물이 나서 사진을 찍다 말고 저 멀리 도망쳤다. 이제 더는 소시지빵을 먹지 않기로 다짐하며 저 멀리 도망쳤다. 일렁이는 갈대밭 앞에 선 엄마는 저 멀리 도망가는 나를 한결같은 엄마의 얼굴로 바라보고 있었다. 결코 잊지 못할, 나를 바라보는 엄마의 얼굴. 결코 잊지 못할 그 아름다운 얼굴. 엄마의 세월이 언제 이렇게 흘렀을까. 그 오후 나는 많은 말을 삼키고 엄마와 함께 다시 묵묵히 걸었다. 강을 따라 뛰어가는 사람들의 그림자가 점점 더 길어질 때쯤 나는 엄마에게 물었다. "엄마. 엄마의 삶은 어떤 삶이야?" 그러자 엄마는 한동안 말이 없더니 "나의 삶? 모르지." 하고는 말을 않는다.

집으로 돌아오는 길, 엄마가 빵집에 들렀다 가자고 했다. 엄마는 빵집에 들어가자마자 사야 할 빵은 안 사고 나를 보며 제일 먼저 소시지빵을 집어 들었다. 그런 엄마에게 이제 더는 소시지빵을 안 먹겠다고 하자 엄마는 그제야 소시지빵이 아닌 엄마가 먹고 싶은 빵을 집어 들었다.

빵집을 나오며 나는 엄마의 강하고 애잔한 뒷모습을 보았다. 이렇게 오래도록 엄마와 걸을 수 있다면, 나는 그 생각과 함께 그간의 수많은 소시지빵을 떠올리며 엄마와 집으로 돌아왔다. 피곤하여 잠이 든 엄마를 곁에 두고도 엄마를 그리워하며 나의 밤이 지나간다.

겨울

어느 도예가 선생님이 내게 물었다.

"너 욕심이 뭔 줄 아니?"

그에게 욕심이 뭐냐고 되묻자 그가 내게 말했다.

"먹고살 만큼의 만족에 머물러 있지 못하는 것이 욕심이다. 그런데 그것이 내 나이가 되어도 잘 안된다. 그렇지?"

그는 그렇게 말하며, 자신이 빚은 말간 그릇을 갓 태어난 아기 안듯 꼭 쥐었다.

글1

나는 얼마나 많은 시간, 스쳐 가는 영감에 의존했는가.

나는 얼마나 가벼이 살아왔는가.

글이란 것이 쉽게 써서는 안 되는 것인데 나는 참으로 무지한
마음으로 글을 써 왔다.

나의 긴 방황을 끝내고 결국 돌아오는 그 길목에 서서

나는 글을 쓸 자격이 있는가 수없이 되묻는다.

나는 얼마나 많은 날을 가벼이 살며 가벼이 글을 써 왔는가.

아, 나는 참으로 글을 쉽게 쓰는 사람이다.

새들의 오후

　겨울에서 봄이 되어 가는 어느 오후, 마른나무 그늘 아래 노란빛이 사선으로 들고 여러 새들이 사방에서 제멋대로 지저귄다. 노란빛 따라 고개 숙인 노인이 걸어간다. 마주 오던 또 다른 노인이 하얀 개와 함께 다른 곳으로 걸어간다. 오토바이 소리가 저 멀리서 들려오고 아파트 어딘가에서 누군가의 피아노 연주가 크게 울려 퍼진다.

　서울에 봄이 온다.

숲

어느 날 의사에게 물었다. "다들 그렇게 살지 않나요?" 그러자 의사가 답했다. "아니에요. 다 그렇지는 않아요." "그럼 다들 어떻게 살죠?" 나는 되물었다. 우울한 까닭이었다. 사랑하는 이를 잃은 후, 나는 한동안 죽어 가는 심정이었다. 모든 우울이 다 그렇듯 나중엔 몸 또한 삭은 나룻배같이 느껴져 결국 의사를 만난 참이었다. 의사는 오랜 시간 나를 지켜보았다.

감정에 대한 이야기 중이었다. 큰 기쁨을 딱히 못 느낀다고 답했던 것 같다. 그저 우울의 주변부 어딘가였다. 나는 오래도록 그 기분에 젖어 살아왔던 것 같다. 다들 그렇게 잔잔한 우울 속에 살아가지 않느냐고 되묻는 나에게 의사는 답했다. "다 그렇지는 않아요." 그러면서 많은 말이 이어졌지만, 나는 많은 말을 잊었다. 단지 내가 기억하는 말은 "아." 하는 나의 탄식뿐이었다.

나는 어느 때부터인가 다시 글을 쓰기 시작했다. 서른이 훌쩍 넘은 후였다. 그러면서 그때부터 나는 일상적으로 밀려오는 불안과 과민을 숙명처럼 받아들이기로 했다. 매일의 불쾌한 아침도, 모든 것에 대한 질문도, 일상에 대한 무심도, 마른 입술과 파리한 얼굴도 모두 받아들이기로 했다. 글을 쓰기 때문이었다. 그러자 이상하게도 그토록 거센 슬픔은 소리 없이 잔잔해졌다. 해일 같던 그 감정들은 여전히 저변에 남아 있지만 그래도 평화였다.

나는 숲이었나. 깊고 넓은 숲이있다. 그 인에 많은 것을 지니고 있기에 바람이 불면 많은 것이 얼굴을 내밀고 노니는 것이었다. 바람이 불면 숲 안에 살아 있는 모든 것이 그저 노니는 것뿐이었다. 숲은 모두에게 필요한 것이었다. 그 숲에서 많은 것이 노닐다 때에 따라 크게 울며 죽을 때에 비로소 새 생명이 태어나는 것이었다. 이야기가 탄생하는 것이었다. 나는 그런 숲이었다. 숲은 모두에게 필요한 것이었다.

팔

기쁨에 겨워 두 팔을 높이 뻗은 사람의 팔을 본다. 큰 기쁨에도 한 사람밖에 안을 수 없고, 그 어떤 아름다운 꽃도 한 아름밖에 안을 수 없는 사람의 팔. 도무지 어찌할 수 없는 절망에 휩싸여도 자신의 몸 하나밖에 끌어안을 수 없는 사람의 팔. 온몸으로 함께 울고 싶어도 한 사람밖에 안을 수 없는 사람의 팔. 그 작고도 작은 사람의 팔.

그러나 부모를 힘차게 껴안는 아이의 작은 팔을 본다. 첫걸음을 위해 힘주어 버티는 한 아이의 팔을 본다. 그 작은 팔로 일어서서 결국 지구를 딛고 서는 작은 사람을 본다. 결국은 일어서서 그 발로 온 땅을 걸으며 숨죽여 우는 이를 힘껏 끌어안는 사람의 팔을 본다.

해 아래 힘차게 땅을 일구는 사람의 팔, 일렁이는 바다에 몸을 싣고 바다의 터를 일구는 사람의 팔, 미명의 노동으로 아침을 여는 사람의 팔, 넘어진 아이를 일으켜 세우는 작은 아이의 강한 팔, 어린아이를 힘껏 껴안는 부모의 팔. 그 팔에서 세상이 태어나고 인류가 이어진다.

나의 생명이 누군가의 떨리는 팔에 안겨 첫울음을 터뜨렸고 나의 팔이 슬퍼 떨며, 죽은 이를 흙으로 덮었다. 아무것도 할 수 없을 것 같은 이 작은 두 팔로 힘주어 끌어안으면 도무지 말할 길 없는 그 마음도 결국 전해지는, 사람의 팔. 그 작고도 작은 사람의 팔로 생명이 흐른다.

이방인 첫날

타국에 왔던 첫날, 내가 가장 두려웠던 것은 소파에 기대어 앉아 귀를 기울여도, 골목을 누비며 뛰노는 사내아이와 아버지의 대화가 내게 너무나 낯선 언어로 부딪혀 들려올 때 온몸으로 느껴지던 낯섦, 아무리 주위를 둘러보아도 어느 것 하나 익숙지 않던 모든 것, 그것이었다.

큰 여행용 가방만이 덩그러니 놓인 이 낯선 땅에서 갑작스레 온몸으로 깊이 파고든 낯섦을 끌어안은 채, 무거운 몸을 이끌고 아빠가 잠시 머물고 간 작은 방에 들어왔다. 책상 위 덩그러니 놓인 아빠의 편지 한 장. 그것은 외면할 수 없는 가장 큰 외로움이었다. 이 낯선 땅에 나만 혼자 남았다.

내가 살던 나라

　어느 집에 살 때는 새벽이면 언제나 이슬람교의 기도 시작을 알리는 소리가 온 동네에 크게 울려 퍼졌다. 어느 집에 살 때는 옆집에서 날마다 인도 노래가 흘러나오고 눈이 맑은 인도 아이들이 경쾌한 미소를 지으며 내 주변을 뛰어다녔다. 택시를 타면 터번을 쓴 인도 노인의 마르고 건조한 손을 바라보며 함께 대화를 나누거나 말 없는 중국 젊은이의 침착한 운전에 몸을 기대고 거리를 오고 가기도 했다. 작은 농담에도 즐거이 웃는 이란 아이들과 함께 웃고, 일본 아주머니들이 건네는 위로에 함께 울다가 거리를 나와서 인도 청년의 식당에 들어가 식사를 했다. 어느 집에 살 때는 종종 가던 은행 근처 새로 생긴 카페에서 유럽 사람이 커피를 내렸고, 그 곁에 타이를 맨 인도 사람과 청바지를 입은 중국 사람이 마주 앉아 오후를 보내고 있었다. 숲에는 나무 집에 사는 아이들이 크게 웃으며 뛰어다녔고, 도시에는 크고 화려한 빌딩 곁에 앉은 맨발의 어린 엄마와 작은 아이가 울고 있었다.

얼굴은 모두 달라도 모두 같은 나라에서 태어나 같은 삶을 살아가는 사람들 속에서 나는 살았다. 내가 살던 나라, 나는 그 큰 세계에서 달리고 웃으며 비를 맞고 나무를 껴안으며 포옹을 나눴다.

나는 사실 상미를 닮았던 것이다

내가 타국에서 전화를 붙들고 울던 날, 내가 왜 슬픈지에 대해 하염없이 떠들던 그 긴 말들을 상미는 모두 잠자코 듣고만 있었다. 그러고는 상미는 내 울음이 잦아들 때쯤 나지막이, 떨리는 목소리로 겨우 입을 열었다. "사실은 나도 슬퍼. 나도 우울해." 처음 듣는 말이었다. 상미가 누구에게도 말하지 않고 꾹 누르며 참아왔던 말이었다. 그 말이 입에 맴돌다 나오기까지 너무나 오랜 세월이 걸렸다. '나도 슬퍼. 나도 우울해.' 나는 그 말의 의미를 누구보다 잘 알고 있었다. 그 말은 내가 날마다 상미에게 하던 말이었다. 그러나 그 말을 상미에게 들은 것은 처음이었다. 전화 너머 상미는 떨고 있었다.

슬픔과 우울함, 그것은 내가 다시 타국으로 떠난 이유였다. 우울함이 밀려들어 올 때면 나는 무방비 상태로 나자빠졌고 꽤 오랜 시간 동안 그것을 이기지 못했었다. 그럴 때마다 상미는 나를 도울 방법을 함께 찾아 주었다. 그러나 나는 그 슬픔과 우울의 근원 중 하나를 어릴 적 엄마의 부재 속에서 찾는 내 자신을 보게 되었다. 나는 어린 시절, 매일을 쉼 없이 일했던 엄마의 부재 속에서 느낀 어떤 강한 외로움을 어른이 되어서도 놓지 못했던 것이다. 그것은 결코 누구의 잘못도 아니었다. 그러나 여러 도움에도 해결이 나지 않던 나는 결국 다시 한국을 떠날 수밖에 없었다. 그래서 상미는 그러한 내게 더욱 아무 말도 하지 못했던 것이다. 그러나 사실은 상미도 슬프고, 우울했다. 그저 엄마이기에 평생을 그 감정을 덮어 온 것뿐이었다. 그렇기에 '나도 슬퍼. 나도 우울해.' 그 말은 수많은 슬픔과 상실과 우울과 공허, 미안함의 산을 한참을 넘어서 어른이 된 나에게 어느 날 불현듯 튀어나온 것이었다.

침묵이 흘렀다. 상미의 침묵은 아수라장이었다. 겨울 바다의 요란한 파도 같았다. 분명 전화 너머 아무 소리도 들리지 않는데, 먼 타국에 있는 내 방까지 파도가 밀려들어 왔다. 슬펐다. 전화 너머의 상미는 소리 죽여 울고 있는 것이 분명했다. 그때 나는 소리 내어 울어도 괜찮다는 말을 목 안까지 깊숙이 쑤셔 넣고는 둥

글게 만 몸을 힘껏 끌어안아 무릎에 얼굴을 파묻은 채 조용히 울었다. 나는 엄마를 닮았다. 견디기 힘든 순간이 오면 나는 더욱 엄마를 닮았다. 나는 사실 상미를 닮았던 것이다.

서울 풍경
여름

녹음이 짙은 아파트 단지 쪽문에서 아버지와 아들이 걸어 나온다. 아버지도 가방을 메고 아들도 가방을 메고 걸어 나온다. 아버지 허리쯤 오는 큰 남자아이가 아버지에게 무어라 말하자, 아버지가 한쪽 무릎을 굽히고 업을 모양으로 몸을 숙인다. 몸을 낮춘 아버지보다 조금 더 큰 아이가 이내 아버지 목에 양팔을 휘, 두른다. 해에 그을린 듯 까맣고 개구진 얼굴을 가진 아이는 무엇이 그리 좋은지 아버지의 등에 폭 기대었다. 아들을 업고 무릎에 온 힘을 주어 허리를 곧추세우던 아버지는 이내 파, 웃고는 고개를 절레절레 흔든다. 대롱대롱 매달리던 아이는 아버지 몸에서 톡 떨어진다. 아들은 비쭉 나온 입으로 다리를 절뚝이며 아버지 옆에서 걷는다. 아버지는 아들의 손을 꼭 잡는다.

아들이 다 컸다.

고독한 고통
우울에 대한 회고[1]

어느 날, 편지와 함께 책 몇 권이 왔다. 발신인은 내가 많이 힘들어한다는 소식을 듣고는 곧장 주소를 물었던 이였다. '사랑하는 나의 예랑에게'로 시작하는 편지와 함께 온 책은 윌리엄 스타이런의 「보이는 어둠」이었다.

85년 가을 윌리엄 스타이런은 우울증이 시작되며, 감히 상상할 수 없으나 실지적이고 극심하게 현저하며 영원한 우울에 대해 집필을 시작한다. 그의 말을 빌리자면 '사람들이 이 병에 대해 이해하지 못하는 것은 대체로 동정심과 공감대가 없기 때문이 아니라, 건강한 사람들의 일상적인 경험에 기초해서는 이해할 수 없는 형태의 고통을 근본적으로 상상조차 할 수 없기 때문'[2]이었다.

---

1 윌리엄 스타이런, 「보이는 어둠」의 부제 [우울증에 대한 회고]에서 가져옴.
2 윌리엄 스타이런, 보이는 어둠 (문학동네, 2002), 21, 22쪽.

나 또한 그것을 정확하게 경험하고 있었다. 나는 그것을 내 스스로 고독한 고통이라 불렀다.

우울은 처절하고도 철저한 고독이었다. 홀로 지고 가야 하는 것이었다. 그 누구도 나의 불안 곁을 서성일 수조차 없고 나의 어둠의 시간 곁에 머물 수 없었다. 누구도 이해할 수 없는 것을 홀로 아는 것으로부터 오는 고독이 얼마나 치열하고 지독한지, 그 것은 우울을 끌어안고 있는 이 외에는 알 수 없는 것이었다. 오랜 절망에 지속적으로 머물면, 끝내는 나 자신조차도 나를 낯설게 느끼게 된다. 발신인이 나에게 「보이는 어둠」을 보낸 것도 그런 이유 때문이었다. 그는 나의 아픔을 알고 싶은데 알 수 없었던 것이다. 그러니 고통을 겪은 이가 쓴 책을 보낸 것이었다. 그것은 참으로 현명한 방법이었다.

그 책 전체에는 내가 알 수 있는 고통들이 여기저기 흩어져 있었다. 잘 알지 못하는 이가 보면 안개와 같이 희뿌연 문장들이, 내 눈에는 선명한 어둠으로 다가왔다. '아!' 하는 탄식이 수많은 문장 속에서 터져 나오며 때때로 나는 윌리엄 스타이런과 나 스스로가 가여워 가슴을 치곤 했다. 나는 떨며, 많은 문장들에 동의했다.

갑작스럽게 그림자처럼 스며드는 우울과 불안 그리고 공포는 그 시작을 알 수도 없고 어떤 보편의 이유나 저변의 깊이도 알 수 없는 것이었다. 방어를 할 수도 없이 날마다 불안의 밤거리를 두리번거리며 걷듯 살아갈 때, 한 무리의 이리 떼처럼 달려드는 것이 우울이고 불안이었다. 무방비였다. 고통으로부터 조롱 받아도 아무런 항변도 할 수 없었다. 그것이 윌리엄 스타이런과 내가 겪었던 것이다. 우리는 너무도 비슷한 일을 경험하고 있었다. 겪어 본 이만 알 수 있다는 것이 얼마나 잔인한 것인지 알고 있기에 적지 않은 사람들이 어떻게 해서든 우울에 대한 회고를 남기는 것이었다. 그것은, '보이는 어둠' 가운데 길 잃은 누군가를 또 하나의 등대처럼 끌어내기 위함이기도 했다. 고독한 고통을 끌어안은 이를 홀로 내버려 두어서는 안 되었다. 그것이 나 또한 지금 우울에 대해 집필하는 이유이기도 하다.

몇 권의 책 사이로 편지가 흘러나왔다.

발신인이 보낸 그 편지에는 '몸은 멀리 있지만 언제든, 어디서든 널 응원한다. 네가 가진 재능, 영감, 고민, 아픔, 슬픔, 좌절…. 이 모든 것도 네가 품으면 깊고 빛나 보인다. 그러니 괜찮다.'라고 쓰여 있었다. '언제 깊고 푸른, 잘생긴 갈매기들이 사는 바다를 보러 가자.' 그 마지막 문장을 읽으며, 나는 고독한 고통을 끌어안고 한동안 울었던 것 같다. 아마도 나는, 알지 못하는 고통을 조금이라도 느껴 볼 수 없어 속 끓으며 이 편지를 한 자 한 자 꾹 꾹 눌러썼을 그의 모습을 떠올렸기 때문일 것이다.

'괜찮다' 나는 그의 편지에서 그 말을 꺼내어 스스로에게 고요히 속삭였다. 그때 나의 마음에 아주 작지만 강한 파동이 일었다. 나조차도 자신을 외면하던 그 고독한 고통 중에서 일어난 작은 파동이었다. 나는 그때부터 희미하게 어둠의 끝을 본 것 같다. 캄캄한 밤, 어둠 속 홀로 깨어 창밖을 내다보니 잠을 이루지 못하는 많은 집의 불빛이 어두운 밤길을 밝히고 있었다. 저 멀리 새어 나오는 누군가의 작은 불빛과 나무에 숨은 새들이 어둠 속에 있는 나를 위하여 곧 아침을 불러올 것이다. 조금만 더 기다리면 어둠은 물러가고 아침은 분명 올 것이다. 언젠가 아침은 온다.

향의 편지

'예랑아.

시간이 더 흐르고 흘러 우린 어떤 모습으로 어떤 표정들로, 우리가 서 있을 공간을 채우는 사람들이 되어 있을까. 가만히 생각해 보니, 그때의 내 모습은 한없이 희미하지만, 네 모습은 그림에 당장 옮길 수 있을 만큼 선명히 떠오른다. 그리고 눈을 감아도, 눈이 부셔.

늘 너의 재능과 가능성과 단단한 열기를 부러워했었다.

너에게 조금만 더 시간과 마음을 내어, 너의 힘든 부분을, 말해지지 못해 알지 못하는 너의 우울과 기쁨을 함께 나누었다면, 지금 느껴지는 이 후회와 아쉬움이 이토록 크진 않을 텐데. 하지만 가끔 너의 목소리에서, 발걸음에서, 세상의 어떤 사람들도 흉내 내지 못할 너만의 그 독특한 표정과 말투들에서, 하나님의 사랑이 느껴질 때가 많았다.

　네가 내 안에서 도망치려 한다 해도, 절대 널 잊지 않을게.

　추억 속에서도, 미래에서도, 늘 마음만은 함께인 것을 믿으며….

　사랑한다.'

　사랑을 담아, 향

겨울 볕

겨울이 혹독할수록 나는 한 줌 볕에 기대어 선다. 한구석에 놓인 적은 볕에 기대어 선다. 적은 볕도 충만하다. 적은 볕에 서면 봄이 보인다. 겨울의 볕, 그 충만에 기대어 선다.

빈집 90년 서울

　나는 외로우면 텔레비전을 켰다. 빈집은 아니었는데 빈집이었
다. 언제나 나만 있는 집. 나는 아무도 없는 빈집에 있으면 모든
방의 불을 켜고 텔레비전을 켰다. 그것이 어린 내가 외로움을 이
기는 방법이었다. 엄마는 내가 학교를 갔다 와도, 피아노 학원을
갔다 와도, 친구 집에서 친구 엄마가 주는 고구마를 잔뜩 먹고 와
도 집에 오지 않았다. 하루가 너무 길었던 나는 섬처럼 집을 떠다
니며 모든 방의 불을 켜고 텔레비전을 켰다. 텔레비전을 켜고 화
장실을 가고, 텔레비전을 켜고 숙제를 하고, 텔레비전을 켜고 우
유를 마시고, 텔레비전을 켜고 리모컨만 계속 눌렀다. 텔레비전
속 사람 목소리가 집에 가득하면 나는 그제야 빈집에서 낮잠을
잤다.

섬1

내게 그런 때가 있었다. 갑자기 고약한 슬픔이 터져서 진이 빠지도록 슬퍼하고 내 삶을 처절하게 고립시키던 그런 때가 있었다. 그때 나의 모든 원망을 받았던 사람은 상미였다. 상미 외로운 줄 생각지 못하고 나는 나 자신을 지독히도 슬퍼하고 가여워했다. 그런 때가 있었다. 그때는 죽는 것이 잠을 자는 것처럼 쉬웠더라면 언제든 죽었을 것이라고 생각했다. 그러면서도 반드시 살고 싶다고 날마다 되뇌었다. 그때 상미는 새벽녘이면 그 메마르고 찬 손을 내 이마에 올리고 소리 죽여 한참을 흐느끼곤 했다. 그러나 나는 내 작은 마음을 스스로 못 이겨, 사랑에는 진심이 필요한 것이라며 오래도록 상미를 괴롭혔다.

그때 나는 나를 섬이라고 했었다. 누구도 알고 싶어 하지 않는 어느 섬에서 자랐다고 생각했다. 잔잔하지만 아무것도 없는, 그저 바다 한가운데 홀로 뜬 섬처럼, 홀로 그 섬을 빙빙 돌며 많은 날을 살아왔다. 그 섬의 극심한 외로움은 누군가 섬에 깃들이지 않으면 모르는 것이라고 생각했다. 나는 나의 섬에 누군가 찾아와 주기를 바라며 많은 날을 상미를 괴롭혔다.

그러나 상미는 이미 내 섬에 수많은 편지를 띄우고 있었다. 내가 드디어 그 섬을 떠나 바다를 헤엄치기 시작했을 때에야 나는, 상미가 얼마나 오래 홀로 내 섬을 거닐었는지, 그리운 사람을 목 놓아 부르듯 그리도 나를 그리워하며 내 이름을 목 놓아 불렀는지 알게 되었다. 상미는 내 섬에 계속 찾아왔었다. 주저하며 내 곁을 서성이던 많은 발걸음으로, 염려되어 수없이 적고 지우던 메시지들로, 간결하지만 많은 마음이 담겨 있는 편지들로, 언제나 곁에 있을 것이라는 강한 미소로, 홀로 속삭이며 기도하던 떨리는 목소리로, 이미 수도 없이 내 섬에 편지를 띄웠다. 나는 그것을 많은 시간이 지난 후에야 알게 되었다.

'사랑한다. 그 말은, 아무 격식도 없는, 엄마의 마음이다.' 어느 이른 새벽, 상미가 내게 보낸 문자에 그리 적혀 있었다. 그러면서 그 문장 뒤에는 '우리 사랑하는 딸. 나의 사랑하는 딸.'이라고 적

혀 있었다. 두 번이나 반복된 그 두 문장에서 나는 강렬하게 저며
드는 간절함을 보았다. 그 문장의 간극에서 나는, 새벽녘 어두운
방에 홀로 앉아 타들어 가는 간절함으로 사랑한다는 말을 썼을
상미의 모습을 보게 되었다. 상미는 그렇게 날마다 나의 섬에 찾
아왔었다. 내가 깨닫지 못할 때에도 상미는 그렇게 날마다 나의
섬에 찾아왔었다.

그

나를 기적처럼 사랑하는 이가 있다. 내 마음이 가난하여도 내가 미련하여도 내가 나만을 위하여 울 때에도 그 모습 그대로 나를 기적처럼 사랑하는 이가 있다.

어디에도 숨을 수 없는 찬란한 아침 해와 같이, 창 너머 들려오는 아이들의 노랫소리와 같이 나를 사랑하는 이가 있다. 새벽의 끝 깨어난 새들의 큰 울음소리와 같이, 외로운 아이가 그토록 기다리던 부모의 발소리와 같이, 갓 태어난 아기를 끌어안은 부모의 눈물과 같이 나를 사랑하는 이가 있다.

그가 나를 사랑하므로 아침이 오고 새가 울었다. 그가 나를 사랑하므로 작은 들꽃이 피고 붉게 타는 해가 수평선을 넘어갔다. 그가 나를 사랑하므로 나는 숲길을 용감히 달렸고, 부모 잃은 아이들을 끌어안았다.

그의 사랑이 나의 얼굴에 있고, 그의 사랑이 나의 목소리에 있다. 그가 나를 사랑하므로 나에게 생명이 있다.

1호 소

"이 소가 '1호 소'다. 그래서 아버지가 사진을 찍으면 꼭 이 소 앞에서 찍었어. 1호 소가 새끼도 많이 낳고. 귀에 1이라고 쓰여 있었어. 그런데 이 소가 팔릴 때 눈물을 뚝 흘리는 거야. 팔려 가는데 그렇게 울어. 우리 식구가 다 울었어. 이 소 때문에 소가 많이 생겨서 감사 목장이라고 목장 이름을 지은 거야. 1호 소 덕분이다. 1호 소."

그러면서 상미는 사진 속 어느 소 앞에 선 아버지 얼굴을 한참 쓰다듬었다.

12월 12일

12월 12일 그즈음이 되면 해마다 함박눈이 왔다.

12월 11일의 불안하고 두려운 밤을 지나 12월 12일 조부의 임종을 지키던 그날의 아침은 고요했다.

수면에 비친 아침 빛처럼, 나는 그의 죽음을 보았다. 영원히 기억될, 죽음조차 차마 도려내지 못했던 손끝의 온기를 느끼며, 나는 눈을 감은 그를 보았다. 이내 들려오는 달음질 소리와 삽시간에 찢어질 듯한 비명으로 가득 찬 방, 그 통곡의 해일을 지나 나는 고요한 복도에 서서 아득히 멀어져 가는 그의 임종의 기억을 몇 번이고 돌이켰다.

내가 허락하지 않은 영원한 이별을 고하고, 나의 사랑하는 이가 영원한 생으로 건너갔다. 그의 얼굴이 가리어지고 이내 빈 몸과 그 곁에 한 무리의 통곡들이 함께 실려 나간 후, 온 세상이 고요하다.

아, 텅 빈 그 자리에는 감당할 수 없는 외로움만이 남았다. 어떤 그리움이 들어도 더는 그를 볼 수 없다는 두려움에 떠는 변변찮은 나만 남았다. 꿈에라도 그를 볼 수 있을까. 나는 저 멀리 찢어지는 비명들을 쫓아 복도를 걷는다.

한 노인의 죽음과 함께, 겨울이 간다.

엄마의 두려움

　엄마는 노년을 향해 가는 나이에도 여전히 두려움 속에 있었다. "아버지 잃은 슬픔과 그리움이 아직도 여전한데 엄마마저 잃으면 나는 천생 고아가 된다." 하고 두려움에 떨며 말을 했다. 그 겨울, 엄마는 당신의 아버지를 잃었다. 아버지가 백 세가 가까워 돌아가셨어도, 많은 이가 아무리 호상好喪이라 말하여도, 부모는 어찌해도 부모고 자식은 늙은이가 다 되어도 어린애라며, "엄마마저 내 곁을 떠나면 나는 고아가 된다." 하고 엄마는 울었다. 이제는 아무에게나 할머니라 불리는 나이가 된 엄마가 아흔이 되어 가는 노모를 생각하며, 엄마를 잃을까 두려워 운다. 부서진 지붕 아래 홀로 선 아이처럼 운다. "나는 엄마 없는 세상은 꿈에도 안 꾼다. 항상 그 생각을 했어. 우리 엄마 아빠 죽기 전에 내가 먼저 죽을 거라고. 아무리 나이가 많이 들어도 자식에게 부모의 죽음은 마음의 준비가 없는 거야." 엄마는 내게 몇 번이고 그렇게 말했다. 그러면서 내게 "나는 그래도 엄마가 있어서 좋아." 하고 떨리는 목소리로 말했다.

까치

집에 가던 길, 꽃이 수채화처럼 흐드러졌다. 나는 그 풍경에 이끌려 서둘러 집으로 달려가 카메라를 들고 다시 뛰어나왔다. 그때에, 엘리베이터를 기다리며 서 있는 내 등 뒤로 아주 작은 발소리가 들려왔다. 아무도 없는 복도, 누군가 뛰어오는 듯 아주 작은 발소리가 들린다. 콩콩, 콩콩. 뒤돌아보니 제법 큰 까치 한 마리가 아파트 복도에 서 있다.

까치는 한참을 가만히 서 있었다. 긴 복도에 까치와 나, 둘뿐이었다. 그 풍만한 고요를 무엇으로 설명할 수 있을까. 이토록 아름답고도 고요한 순간이 있을까. 나는, 나를 보고 선 까치에게 조심스레 다가섰다. 까치는 미동도 없이 나를 보고 서 있다. 셔터 소리에도 까치는 도망치지 않고 가만히 서 있다. 숨죽여 한 발 더욱 가까이 다가가니 까치가 나를 기다린 듯 천천히 날아 복도 난간 위에 우아하게 앉는다. 까치 뒤로는 만개한 봄꽃들이 수채화처럼 흐드러지고, 까치는 푸른빛의 날개와 검은 눈을 품은 채 고개를 꼿꼿이 세우고 서 있다.

아, 꿈과 같은 순간이었다.

서둘러 필름을 감고 마지막 셔터를 누르자, 까치는 날아갔다.

찰나와 같은 시간을 뒤로하고 나는 긴 복도를 걸으며 그리 생각했다. 어째서 이 모든 우연이 이토록 완벽한 풍경을 만들어 냈을까. 적막한 복도에 콩콩 그 작은 발소리가 들릴 때 내가 뒤를 돌아보지 않았더라면, 나의 작은 발자국 소리에 까치가 저 멀리 달아났더라면, 이토록 꽃이 만개하지 않았더라면, 이토록 꽃이 아름답지 않았더라면 이 풍경은 내 일생에 만나지 못했을지도 모른다.

이미 완성된 우연처럼, 이 모든 것이 나에게 찾아왔다는 경이로움의 황홀에 젖어 나는 긴 복도를 걸었다.

선생님께

선생님, 안녕하세요. 차예랑입니다. 혹시 제가 기억나시는지요? 선생님의 사랑을 담뿍 받았던 제자입니다.

선생님. 저는 벌써 서른이 넘었습니다. 선생님께서 늘 제게 말씀하셨던 '지금/여기'의 문학으로 인해, 저는 너무나 핑계이지만서도, 학업을 마친 후로도 한참을 글 쓰는 것을 두려워했습니다. 학교를 졸업하고 선생님께 보내 드렸던 마지막 편지 내용처럼 저는 한동안 타국에서 살았습니다. 한국에 돌아온 후에도 얼마나 긴 방황을 했는지 모릅니다. 그럼에도 불구하고 저는 여전히 글을 쓰지 못했습니다. 하지만 또 한편으로 저는 그 긴 방황 속에서도, 선생님의 말씀을 땅처럼 딛고 서서 글에 대한 마음을 잊지 못하고 살았습니다. 그 오랜 시간, 글은 왜 제게 언제나 불안과 두려움만을 주었을까요.

선생님, 저는 서른이 되었을 때 사진을 배웠습니다. 그러면서 저는 처음으로, 사진을 통해 세상을 직시하게 되었습니다. 사진은 제게 너무나 강렬한 무엇이었습니다. 그런데 글은 언제나 제게 견딜 수 없는 두려움을 주었습니다. 그 두려움은 어쩌면 저의 자만 혹은 어쩌면 그보다 더한 무지에서 비롯된 것이 아닐까 하는 생각이 듭니다. 그러나 제 안에는 글에 대한 두려움 그 너머에 사유를 향한 타는 갈망이 여전히 있었던 듯합니다. 무언가를 말하려는 의지와 욕망이 제 안에 내내 살아 있었던 모양입니다. 그래서 그 마음이 결국 사유의 표상인 사진으로 향하게 되었나 봅니다. 제게 사진은 인간과 삶에 대한 고찰의 명료한 표상처럼 느껴졌습니다. 저는 한동안 사진 삼매에 빠졌습니다. 그러면서 그로 인해 마침내 인간에 대한 직접적이고 고집스러운 관찰을 시작하게 되었습니다. 선생님께서 제게 늘, 글은 그렇게 쓰는 것이라고 가르쳐 주셨지요.

저는 사진을 참 좋아합니다. 그러나 언제나 여전히 이상스러울 만큼 글에 대한 그리움, 혹은 죄책감의 언저리 또한 서성이게 됩니다. 선생님, 글은 도대체 저에게 무엇일까요.

선생님께서 제게, 글을 쓰는 사람은 시대에 대한 마음과 책임이 있어야 한다고 가르쳐 주셨지요. 언제나 '지금', 그리고 '여기'

를 바라보라고 말씀해 주셨지요. 선생님의 그 말씀이 저도 모르는 사이에 제게 흔들리지 않는 땅이 되고 겨울 강 아래의 생명이 되었습니다. 그러나 선생님, 때로는 저의 생이 미미하게 느껴질 만큼 인생과 시대가 거대하게 느껴집니다. 그 앞에서 저는 무엇을 해야 할지 몰라 여전히 작은 마음으로 방황만 할 뿐입니다. 그렇지만 제가 계속해서 글에 대해 깊은 미련을 갖는 까닭은 결국 제가 그 모든 것을 외면해서는 안 되는 업을 가진 사람임을 스스로 알고 있기 때문이겠지요.

선생님, 미미한 저의 생이 작은 배가 되어 길 잃은 이야기들을 찾아 싣고 저 먼 곳으로 갈 수 있다면 제게 그보다 더 큰 자유가 있을까요. 글이 두려워 이토록 피하면서도 글에 대한 강한 그리움 속에서 자유의 꿈을 꾸는 제 마음이 참으로 알 수 없고, 너무나 부끄럽습니다.

지난번 어느 인문학 강연을 통해 저명한 소설가 한 분의 말씀을 듣게 되었습니다. 저는 그때도 선생님 생각이 났습니다. 그날 그분은 한국 문학이 나의 얼굴, 나의 초상이라고 말씀하셨습니다. 그런데 그 말씀이 제게는, 글에 대한 저의 미련과 아집을 꾸짖는 것처럼 들렸습니다. 저는 그동안 무엇을 그리도 외면하며 살아왔을까요. 저는 왜 이토록 무지한 마음으로 글을 대하고 글을 외면하며 살아왔을까요.

이 밤에 선생님께 편지를 보내고 싶은 마음이 너무나 커서 그 마음 이기지 못하고 결국, 편지를 씁니다.

선생님을 생각하면 저의 어리석음에 한없이 민망한 마음이 듭니다. 어느 날엔가 제가 글을 쓰기를, 그래서 선생님께 예전처럼 떨리는 마음으로, 글로 제 소식을 전해 드릴 수 있기를 바랍니다. 아직도 저는 글이 두렵지만 더 이상의 무모한 두려움은 아닌 것 같습니다. 선생님, 이만 편지를 마칩니다.

선생님, 정말로 건강하세요.

못난 제자 올림

선생님의 답장

'예랑이 반갑다.

지금의 너의 문장이 그동안의 너의 삶의 숙성을 짐작하게 한다.
작가나 사진가 아닌 그 누구라도 지금/여기를 놓아 버려서는
안 될 거다. 광장이든 밀실이든 우리가 스며든 공간들이 모두 자
신을 질문하는 곳이다.

열심히 살다가, 어느 날 문득, 한번 보자.'

선생님께 편지를 보냈다.
선생님께 몇 년 만에 보낸 편지였다. 분명 답이 올 것이란 믿음
이 있었지만, 또 한편으로는 오래전의 메일을 찾아 보낸 터에 과

연 읽으실까 하는 일말의 의문과 함께 보낸 편지였다. 잠이 들기 전 한밤중에 보낸 편지였다. 몇 시간 후 잠을 깨고 보니, 매우 이른 새벽 시간이 찍힌 답장이 와 있었다. 나는 떨리는 마음으로 메일을 열었다.

오래전 어느 답장에서 선생님은 내게 '문학이 반드시 무엇을 목표로 해야 하는 것은 아니지만 반드시 그 무엇을 담고 있어야 한다'라는 말씀을 하신 적이 있다. 나는 속이 텅 빈, 죽은 나무와 같은 글을 썼었다. 그런 나에게 선생님은 매번 생명이 있는 글을 쓰라고 말씀하셨다. 나는 그 거대한 생명 앞에서 매번 고꾸라졌다. 그럼에도 선생님은 언제나 나에게, 나를 기억하며 나의 문장을 기억한다는 말씀으로 가르침을 주셨다. 부모가 자녀를 가르치듯, 믿음의 격려로 나를 가르치셨다. 그러나 나는 선생님의 말씀을 들으면 들을수록 글쓰기를 더욱 주저하였다. 아무리 생각하여도 내 글은 도무지 어디에도 뿌리를 내릴 수 없는 죽은 나무와 같이 느껴진 까닭이었다. 글을 알지 못할 때에 글은 내게 유희와 자랑이었지만, 글이 무엇인지 알게 될수록 글은 내게 감당할 수 없는 두려움을 주는 영원한 거인 같았다. 그것을 핑계 삼아 나는 오랜 시간 글을 쓸 수 없었다.

너무나 갑작스레 몇 년 만에 보낸 메일이었다. 그러나 이른 새벽에 온 답장에는 많은 말이 적혀 있었다. '예랑이 반갑다'로 시작하는 답장에서 선생님은 내게, 나의 문장과 나의 모습을 여전히 생생하게 기억한다고 말씀하셨다. 기억이 생생하다는 선생님의 그 말씀은 내게 말로 다 할 수 없는 감격을 주었다. 선생님은 어째서 살갑지도 열정적이지도 않던 나를 아직도 선명하게 기억하고 계실까.

선생님의 답장은 선생님처럼 여전히 강하고, 여전히 긴결했다. 그리고 여전히 다정했다. 그 답장에서 선생님은 내게 다시금, 언제까지고 '지금, 여기'를 놓아서는 안 된다고 말씀하셨다. 그러면서 선생님은 여전히 내게 문학이란 무엇인가, 묻고 계셨다. 글을 써라, 나를 격려하셨다.

선생님은 그런 분이었다. 마음으로 글을 쓰는 분이었다. 선생님은 내게 삶이 없이는 글이 설 수 없음을 가르쳐 주셨고, 애끓는 마음이 없이는 진정을 논할 수 없음을 가르쳐 주셨다. 묻지 않으면 답을 구할 수 없는 것이 글임을 가르쳐 주셨고, 정직한 글에서 생명이 나온다는 것을 깨닫도록 이끌어 주셨다. 눈을 감고 모든 것을 피해도 결국 글이 나를 찾아왔을 때, 나는 그 누구보다도 먼저 선생님이 생각났다. 선생님은 지금 여든을 향해 가고 계신다.

선생님의 답장 말미에는 '어느 날 문득 보자'라는 말이 적혀 있었다. 도저히 용기가 나지 않아서 선생님을 뵐 수 없다는 내게 주신 답변이었다. 나는 이른 아침 눈물을 거두고, 선생님께 '선생님 꼭 찾아뵙겠습니다'라고 답장을 보냈다. 이제 나의 방황의 끝이 새벽처럼 오고 있다.

사람의 걸음

사람들이 걷는다.

힘차게 땅을 딛고 발에 힘을 실어 몸을 기울여 야트막한 언덕을 오른다. 나는 땅을 딛고 비틀대며 걷는 아기들의 첫걸음마를 생각한다. 그리고 이내, 제 걸음에 경이로워 급한 마음 앞세워 고개를 내밀고 힘주어 걷는 아기들의 또 다른 걸음을 생각한다. 곧이어, 땀에 젖은 머리카락을 힘차게 휘날리며 땀이 나는 줄도 모르고 뻘건 얼굴로 뛰는 제법 큰 어린아이들의 뜀박질을 생각한다.

아, 사람의 생.

문장

나의 어느 가을 아침이었다.

수많은 문장을 안고 길을 걷는다. 작은 바람이 일자 풀숲에 걸린 문장들이 흔들거린다. 나는 자연 속에서 종종 큰 즐거움을 느꼈다. 자연, 그 안에서 본능과 태고를 발견하는 것에 큰 만족을 느꼈다. 자연에서 비롯된 사유가 본능과 태고, 그리고 간결로 문장을 탄생시켰다. 외로운 문장이 창공을 가르며 날아간다. 자연만큼 강렬하고 완성적인 것이 또 있을까.

자연은 충분하게 드넓은 상상의 들판이 되어 나에게 야생의 말과 같은 기쁨의 뜀박질을 허락하며, 한밤의 등불처럼 분명하고 찬란하여 내가 경험한 모든 것을 이미 이해하듯 나를 안락하게 한다.

가지 끝에 매달려 휘날리던 문장이 바람에 실려 멀리 날아간다.

어느 아침, 스스로 탄생한 문장을 곁에 두고 나는 길을 걷는다.

작은 남자아이가 짙은 아침 공기와 천진한 문장을 가득 싣고
자전거 페달을 힘차게 밟으며 내 곁을 지나간다. 나의 어느 아침
이었다.

서른

상미는 어린 나에게 종종 그런 말을 했다.

"네가 내 나이가 되어 봐야 알지." 원망의 말은 아니었다. 그 말과 함께 상미가 들려주는 이야기들은 상미의 나이가 되지 않으면 결코 알 수 없는 감정들, 슬픔들에 관한 이야기였다. 나는 그런 이야기를 들을 때마다 몇 번이고 '내 나이가 되어 봐야 알지' 그 말을 되뇌었다.

내가 상미가 말한 그 나이가 되었을 때에도 나는 여전히 그 말을 되뇌었다. 그러면서 나는 아무리 나이가 들어도 여전히 미숙할 수밖에 없는 것에서 오는 슬픔을 그제야 깨달았다. 등 떠밀리듯 들어 가는 나이에 비해 나는 여전히 무지하고 당황하며 잘 울고 쉽게 화를 내었다. 웃어야 할 일에도 웃지 못했고 책임져야 할 일에도 종종 떨었다. 거울 속에는 여전히 미숙한 아이의 얼굴이 있었다. 나는 여전히 물건을 잘 떨어뜨렸고 우는 아이를 자주 안아 주지 못했으며 날이 갈수록, 낯선 곳에 서면 힐끗거리며 서둘러 그 자리를 떠나기 바빴다.

어린 내게 "네가 내 나이가 되어 봐야 알지."라고 말할 때의 상미의 뒷모습은 언제나 당당했다. 그때 상미는 내가 울 때 안아 주었고 물건이 고장 나면 금세 고쳐 주었다. 무언가 먹고 싶다고 하면 낯선 곳일지라도 그것을 구해 왔고, 낯선 사람들과도 환한 얼굴로 곧잘 말을 나눴다. 가야 할 곳은 단번에 찾아가고 해야 할 일은 단번에 끝냈다. 그것이 어린 내가 기억하는 상미의 젊은 날이었다.

그러나 내가 이제 그때의 상미의 나이가 되어 느낀 것은 그런 것이었다. 그때 상미 또한 나와 똑같이 당황하며 낯선 곳에서 잘 웃지 못했고 물건을 잘 떨어뜨렸으며, 어리숙하게 길을 찾아 나서기도 했다. 상미는 내가 보지 못하는 곳에서 홀로 울었고 웃지 못해서 또 울었으며, 어린 나를 두고 어찌할 바를 몰라 안고 울었다. 나를 업고 그 긴 다리를 건너며 매일 울고, 피곤해서 쓰러져 누운 밤, 홀로 앉아서 고등어를 뜯어 먹는 어린 아기인 나를 보고 또 울었다. 새로운 곳에 가면 길을 몰라서 이리저리 헤매다 길을 찾았고 낯선 이에게 말 한 마디 할라치면 떨리는 마음에 심호흡을 하고 말을 걸었다.

내가 그 나이가 되고 보니 그런 모든 것을 감당하기에 상미는 너무 어렸다. 그런 의미에서 '네가 내 나이가 되어 봐야 알지' 그 말을 나는 이제야 이해한 것이다.

어느 밤, 어린 상미를 안아 주고 싶어도 안아 줄 수 없음에 슬픔이 밀려들어 왔다. 그러나 그 밤, 이제는 노년이 된 상미가 내게 말했다. "그때, 지금의 네 나이였을 적에는 한창 살아갈 나이였기에 사방이 막힌 것 같아 괜스레 더 서럽고 속상했지."라고 말했다. 그러나 그 모든 혼란과 슬픔, 불안의 산은 어느 땐가는 넘어가 있을 것이니 기운을 내라고 그렇게 말했다. 모든 경험, 모든 감정 속에서 결국은 넘어가 더욱 단단해질 것이라고 그렇게 말하며 나를 꼭 안았다. 나도 그 포옹 속에서, 어린 상미를 꼭 안아 주었다.

겨울의 달

엄마는 자주, 어린 나를 업고 긴 다리를 건너던 이야기를 했다. 오늘도 엄마는 그 이야기를 꺼냈다. 아마 다리를 건너던 그날도 오늘과 같은 달이 떴을 것이다.

찬 바람이 코끝을 스치자 엄마가 옷깃을 여미며 두 번이나 같은 말을 했다. "이제 이 옷도 못 입겠다. 겨울이 오나 봐. 어릴 적 갓난 네가 고생을 많이 했지."

엄마와 내가 집으로 돌아가는 길, 거리는 이미 한밤중이었다. 한참을 걸어가던 중, 캄캄한 어둠 속에서 엄마는 또다시 말을 이었다. "불안과 두려움뿐이었어. 네가 그렇게 아플 때에도…. 나는 결국 너를 새벽같이 놀이방에 맡기고 말았어. 너는 그때 그 긴 도시락 통이 기억날까?"

나는 엄마의 그 말에, 엄마가 항상 내게 들려 보내던 어느 긴 도시락 통과 그 안의 작은 돈가스소스 통을 떠올렸다. 엄마는 앞을 보고 걸으며 말을 이었다. "그걸 들려서, 나는 네가 아무리 아파도 결국 너를 보냈어. 미안해. 네가 너무 고생했지."

"엄마, 그땐 다 그랬어." 나는 엄마 곁을 나란히 걸으며 그렇게 답했다. 엄마는 어둠 속에서 씩씩하게 그러나 쓸쓸하게 걸어가며 말했다. "아니야. 다 그렇지 않았어." 엄마는 다시 말을 이었다. "비가 많이 와서 허벅지까지 물이 찰 때에도 너를 업고 긴 다리를 건넜지. 아침저녁으로 매일 너를 업고 긴 다리를 건넜어." 엄마는 잠시 멈춰 선 채 다시 말을 이었다. "그 다리를 건너며 힘들다는 생각, 고달프다는 생각을 했지. 너가 불쌍하고. 너가 불쌍하니까 너를 업고 간 거야. 그때 내가 스물아홉, 서른이었는데. 아무리 스물이고 서른이라 해도 부모가 되면 다 어른이 되나 봐."

나는 그 어둠 속에서, 지금의 나보다 더 어린 나이의 엄마가 어린 나를 업고 긴 다리를 건너던 그 모습을 떠올리며, 엄마가 예전에 들려주었던 이야기를 생각했다. '굴다리 밑을 지날 때면 작은 아기 하나 업고 가도 그리 든든했다. 말도 없고 대답도 않는 작은 아기일지라도 칭얼대는 그 소리가 어찌나 큰 위로가 되는지, 천지가 어두워 범이 어디서 나올지 난봉꾼이 어디서 나올지 모를 만큼 칠흑같이 어두운 밤, 토끼굴을 지나올 때도 갓난아기 업고 가면 그리 든든하다고 했다.'

그러나 말 못하는 갓난아기도 어두운 다리 아래 의지가 되고 위로가 된다던 엄마의 말과 달리, 엄마는 그 말 없는 어린 아기를 업고 얼마나 많은 날을 울면서 그 다리를 건넜을까. 홀로 뜬 달 아래, 축 처진 아기를 업고 뺨을 스치는 매서운 찬 바람에 옷깃을 여미며 외로이 울었을 엄마의 들썩임에 나는 아마 더욱 곤히 잠 들었을 것이다.

찬 바람이 코끝을 스칠 때, 나는 달을 올려다보았다.

겨울의 달은 멀리 있는 그 모습이 마치 코끝에 있는 것처럼 훤히 보일 만큼 밝았다. 아마도 그날, 그 젊은 엄마가 작은 아기를 업고 다리를 건너던 그날도 오늘과 같은 달이 떴을 것이다.

엄마의 밤

어느 날 엄마가 종일 앓았던 적이 있다. 큰 병으로 인해 수술을 한 후였다. 수술 후 몸이 많이 약해진 엄마의 앓는 소리는 아무리 작은 소리라고 할지라도 언제나 예사롭지 않게 들려왔다. 엄마가 힘들어하는 날이면 온 가족은 종일 염려로 인해 엄마 곁을 떠나지 못하고 서성였다. 그날도 낮 내내 고생을 하던 엄마는 밤이 되어도 잠을 이루지 못한 채 오래도록 방에 불을 켜 놓고 있었다. 그런 엄마를 위해 내가 할 수 있는 일이라고는 그저 염려하며 엄마 곁에 함께 있는 것뿐이었다. 피곤하여 그런 것이니 염려 말라고 손짓을 하던 엄마가 겨우 잠이 든 후에야 나는 발소리를 죽이고 슬며시 방을 나올 수 있었다.

엄마는 젊을 적부터 많은 수술을 했다. 몸 안의 많은 것을 떼어 냈다. 심한 스트레스와 일로 인해 몸이 많이 상했던 것이다. 큰 병 또한 그로 인해 얻게 되었다. 지금 생각해 보면 너무나 젊은 나이였다. 엄마는 많은 고비를 혼자 이겨 냈고 새 생명을 얻은 것처럼 많은 날을 용기 있게 살아왔다. 그 많은 아픔은 혼자 모두 이겨 내기에는 너무나 고독한 것이었다. 그러나 엄마는 말없이 모든 것을 홀로 짊어졌다. 남편에게도 자식에게도 그 누구에게도 주지 않고 모두 홀로 짊어졌다. 엄마는 노년이 되어서야, 엄마였기에 그리고 엄마이기에 그 모든 것을 이겨 낼 수밖에 없었다고 그제야 조용히 말했다.

엄마는 한 번도 쉬어 본 적 없이 일을 했다. 나는 부모의 평생의 노동과 함께 태어나고 성장해 왔다. 엄마는 지금도 여전히 쉬지 않고 일을 하고 있다. 내가 자라던 시대는 많은 가족이 그러했다. 부모의 노동과 함께 성장하며 빈집에 남은 아이들은 스스로 삶을 꾸려 갔다. 그렇게 언제 컸는지 모르게 자라난 아이와 언제 늙었는지 모르게 늙어 버린 부모가 어느 날 마주하면 겸연쩍어 눈도 마주치지 못한 채 고개를 숙이고 마는 것이 우리의 시대였다. 내 안에도 여전히 그 결핍과 쑥스러움이 남아 있었다. 그렇기에 나는 아직 어린아이와 같으면서도 언제 자랐는지 모를 어른이 된 내 자신의 혼란 속에서 우리의 사라진 시절을 위해 상미의 삶을 적어 가기 시작한 것이다. 나는 그렇게 엄마의 이야기를 쓰기 시작했다. 간혹 엄마가 빈집에 남은 어릴 적의 나를 회상하면, 나는 언제나 그렇게 답했다. "그땐 다 그랬어."

그땐 다 그랬다.

그날 잠이 든 줄 알았던 엄마는 새벽녘 잠에서 깨어 깜깜한 거실에 한동안 혼자 앉아 있었다. 잠든 가족들 몰래 엄마 홀로 앓는 소리가 간간이 들려왔다. 나는 방문 너머 그 소리를 들으며, 함께 있는 것 외에는 아무것도 할 수 없다는 깊은 무력감에 사로잡혔다. 앓는 소리가 마음에 돌처럼 내려앉을 때마다 당신의 아픔은 잊고 언제나 나를 끌어안던 엄마의 얼굴을 떠올렸다. 엄마가 내 곁에 영원히 함께한다면 내가 더 바랄 것이 있을까, 하고 나는 어린아이처럼 생각했다. 이내 엄마가 잠이 들었는지 밖은 고요했다. 나는 발소리를 낮추고 불 꺼진 방을 들여다본 후, 불 꺼진 거실에 나가서 한참을 홀로 조용히 앉아 있었다.

아침 기도

　신께 기도했다. 나는 부모 없이 살 수 없는 미숙한 생이지만 하나님 없이는 정말 살 수가 없다고 기도했다. 그러니 내 안에 새로운 마음을 창조해 달라고 기도하며 나는 무거운 몸을 이끌어 구부린 무릎을 곧추세웠다.

　전날 밤 나는 적잖은 나이의 어른이 되어서도 여전히 작은 아이 같은 내 자신을 생각하며, 먼 훗날 내게 찾아올 부모와의 영원한 이별을 생각하면 끔찍이도 슬퍼지는 마음에 밤새 슬퍼한 터였다. 이미 서른이 훌쩍 넘은 나이였다. 더 먼 미래의 나를 내 스스로 감당할 수 있을까. 떠오르지도 않는 미래를 어렴풋이 그리며 울던 지난밤이었다. 나는 이런 밤을 자주 보냈다.

　그동안 모든 날은 어떻게든 살아온 터였다. 나는 예측하지 못한 모든 미래 속에서 결국 살아 나가고 있었다. 그렇기에 나는 어떻게든 살아갈 터였다. 그러나 부모가 없는 것은 전혀 다른 미래였다. 그것은 누구도 채울 수 없는 영원한 외로움이었다. 내게는 공허뿐인 미래였다. 슬플 때도 기쁠 때도 별것 아닌 모든 순간에도 부모는 늘 그 자리에 있었다. 그런 모든 순간이 일순간 사라진다는 것은 감히 입에 담기도 힘든 두려움이었다. 그러나 어찌 되었든 그날은 내게도 분명 올 터였다. 어쩌다 서글프게도, 아무도 모르는 새에 노년이 새겨진 당신의 얼굴을 문지르며 슬퍼하는 부모의 모습을 보게 되면 그날 밤은 더욱 그런 생각이 들었다. 나의 생이 짧은 것은 무심하여도 부모의 생이 속절없이 가는 것은 종종 애가 타고 야속했다.

나는 그런 것을 미리부터 떠올리며 종종 울었다. 그리고 그 일이 혹여 기약 없이 찾아올까 봐 어린 나는 더욱 울기도 했다. 그러니 나의 아침은 자주, 물에 젖은 솜처럼 가라앉아서 퍽이나 고단하고 묵직하게 시작됐던 것이다. 그래서 나는 무거운 몸을 구푸려 아침마다 나직이 그런 기도를 한 것이다.

신은 어디로부터 오실까

한참 극심한 우울 한가운데에 있던 어느 날이었다. 터질 듯한 마음을 끌어안고 별안간 밖으로 뛰쳐나간 나는 공원 벤치에 앉아서, 공원을 뱅뱅 도는 사람들, 먼발치에서 걸어오는 사람들, 공원을 뛰는 개와 사람들만 보아도 눈물이 나서 가로등 아래에 고개를 숙이고 앉아 오래도록 울었다.

누가 무엇을 물어도 아무 답도 할 수 없을 만큼 나는 극심하게 지쳐 있었다. 생의 끝에 와 있다는 생각이 들었다. 그날 아침에 누군가 내 등을 쓸며, 이리 아파서 어쩌나, 하던 소리가 먼 옛날처럼 아득히 느껴질 뿐이었다. 생명 같던 마음이 돌이 된 것만 같았다.

가까이 들려오던 헬리콥터의 소리, 먼발치에서 걸어와 이내 멀어지는 사람들의 발자국 소리, 사람의 발에 짓이겨지는 흙의 소리, 어느 집의 공사 소리, 아득히 들려오는 작은 남자아이의 재잘거림에도 나는 마음이 터질 듯 답답하여 고개를 숙이고 앉아 있었다. 그때에 잔잔한 바람이 불었다. 곧이어 저 멀리 오래된 버드나무로부터 내려온 고요하고 무거운 버드나무 가지가 잔잔하게 바람에 흔들리는 것을 나는 보았다.

소리 없이 성실하게 흔들리는 버드나무 가지. 불같이 타오르며 죽은 슬픔만 가득 차서 살기 위해 뛰쳐나와 공원 벤치에 앉아 있는 나에게, 그것은 어쩐지 생명처럼 느껴졌다.

아이들의 음악 같은 말소리와 힘찬 자전거 바퀴의 소리도, 강아지의 작고 바쁜 발소리도, 노인의 지팡이 소리와 바람이 풀을 스치는 소리도 모두 죽은 것처럼 느껴졌는데, 죽음과 같은 슬픔에서 도무지 구원될 방법을 알지 못해서 나도 곧 죽지 않을까 하는 두려움에 울지도 못하고 이렇게 벤치에 앉아 있던 나는 이상하게도 소리 없이 흔들리는 저 먼 버드나무 가지 끝에서 생명을 느꼈다.

죽음이 나를 떠났다.
다시 생명을 얻은 나는 이 글을 쓴 뒤, 집으로 돌아갔다.

미국 할머니

'예랑아. 참 훌륭한 사람이 되어야 한다. 명예가 아니야, 부자도 아니야. 훌륭하다는 것은, 건강하고 정직하며 진실하게, 그리고 겸손하게 사는 것이 훌륭한 것이라 할머니는 확신한다. 네가 이런 사람 되기를 원한다.

예랑아. 미국 할머니가 예랑이를 엄청 love 한다.

사랑하는 예랑이.'

미국에서, 이모할머니가

2-1부

세 사람, 상미

4월

꽃이 쏟아진다.

머리를 늘어뜨린 목련나무 아래로 분홍 옷을 입은 작은 아이가 걸어간다. 소녀의 땋은 머리처럼 흐드러진 버드나무 아래, 중년의 남자가 기지개를 켜며 걸어간다.

봄이 왔다.

나의 나무

"아기는 꿈이고 별이야. 희망이란 얘기야. 아기가 배 속에 들어서면 팔 개월 됐을 때는 아기 옷 보며 기뻐하고, 구 개월 됐을 때는 아기 생각에 기쁘지만 곧 아기 나올 생각에 두렵지. 너가 태어났을 때가 내 삶 중 가장 행복했어. 너를 몇 년을 기다렸는지 몰라. 그 긴 시간을 기다렸다. 네가 태어나기를. 얼마나 기뻤는데. 네가 자랑스러웠어. 네가 태어난 것만으로도. 그래서 땅에다 내려놓지도 않고 키웠어. 사람들이 흉을 봤어. 아기를 땅에 내려놓지도 않고 맨날 안고 있어서.

나는 내 엄마 같은 엄마가 되고 싶었어. 부지런하고 자식들을 잘 돌보고 인내하고 기도하는 엄마가 되고 싶었어. 근데 엄마가 되니까 잘 돌보지 못해서 미안했지. 먹고살아야 하니까. 그래도 잘 못했지만 최선을 다했어. 네가 나에 대한 글을 쓴다는 것이 좋

아. 내가 그만큼 너에게 해 주지도 못했는데 네가 나를 그만큼 생각해 준다니. 고마워.

　나는 네가 나를 나무로 기억해 주었으면 좋겠어.
　네가 와서 쉴 수도 있고, 좋은 열매도 네게 줄 수 있고, 비도 피할 수 있고, 좋은 잠도 잘 수 있는 그런 나무로 기억해 주었으면 좋겠어.”

　영주의 딸 상미는 자라서 나의 나무가 되었다. ‘나는 모든 것을 주는 나무가 되고 싶어.’ 엄마는 왜 나무가 되어서도 나무의 꿈을 꿀까. 영주의 딸 상미는 어릴 적, 즐거울 때면 크게 소리치고 힘차고 개구지게 뛰었을 것이다. 크게 울고, 크게 웃었을 것이다. 먼 세상을 꿈꾸고 엉뚱한 것을 상상하며 용기와 사랑으로 한 걸음을 내딛던 날들이 많았을 것이다. 그러나 상미는 나의 엄마가 되어 나무가 되었다.
　엄마의 이름, ‘상미’. 나는 그 이름을 되찾아 주고 싶었다. 엄마의 깊은 마음속 상미는 여전히 꿈을 꾸고, 여전히 크게 울고 싶어 하고 크게 웃고 싶어 했다. 상미는 여전히 먼 세상을 그리워하고 즐겁고 엉뚱한 상상을 하며 떨리는 마음으로 낯선 세상을 뛰고 싶어 했다. 나의 꿈은 ‘상미’ 그 이름을 되찾아 주는 것이다.

상미를 소개하며

　상미는 어릴 적부터 항상, 양손을 다리에 곧게 붙이고 서서 사진을 찍었다. 상미는 지금도 여전히 그렇게 서서 사진을 찍는다. 왜 항상 같은 자세로 사진을 찍느냐고 물으면, 상미는 기껏해야 양손을 어깨높이만큼 올려 브이를 하고는 쑥스러운 듯 몸을 비비꼬았다. 그러나 상미의 얼굴은 다부졌다. 어릴 적부터 지금까지 날마다 그렇게 다부진 얼굴로 말간 미소를 지었다. 굳세고 야무진 얼굴. 영주의 딸, 그리고 나의 엄마, 상미.

상미는 날마다 얼굴을 찍는다

상미는 놀지 않고 살았다. 어린 나를 두고 날마다 일을 했다. 상미와 내가 서로를 생각하기 시작한 것은 내 나이가 상미가 나를 낳던 나이가 될 때쯤부터였다. 나이가 들면 상미를 이해하게 될 것이라 생각했던 어릴 적 마음과 달리 내가 막상 그때의 상미의 나이가 되고 나니 처음에는 상미가 미웠다. 상미가 종종 무심결에 들려주던 "퇴근하고 놀이방에 너를 데리러 가면 너 혼자 남아서 트램펄린을 타고 있더라."라든가, "네 동생을 임신하고 힘들어 누워 있으니까 어린 네가 혼자 고등어를 뜯어 먹고 있더라고." 같은 이야기들, 또는 "해가 떨어져서 다른 아이들은 모두 엄마가 와서 집에 데리고 갔는데, 왜 너는 혼자 놀이터에서 놀고 있느냐고 누군가 묻더라." 하는 이야기들을 떠올릴 때면, 나는 상미가 그토록 야속했다. 상미는 왜 나를 그리도 외롭게 두었을까.

그러나 시간이 더욱 흘러 내가 그 나이를 살아가다 보니 언제부터인가 나는, 내 나이에 그 모든 것을 감당해야만 했던 어린 상미가 너무나 가여운 마음이 들었다. 상미를 가만히 보고 있자니, 어린 나를 두고 쉬지 않고 일을 하며 그토록 많은 것을 감당했던 그때의 상미는 너무 젊고 너무 어렸다. 그러나 상미는 그 젊은 날을 스스로 두 눈을 꼭 감고 모두 모른 척 지나왔다. 내가 이제 그 나이가 되어 그것을 알게 되니 상미가 간혹 아무렇지 않게 "날마다 너를 들쳐 업고 다리를 한참 건너서 집에 왔지." 그 말을 할 때면, 나는 어린 상미가 더욱 떠올라서 한없이 가여운 마음이 들었다.

상미는 오십이 훌쩍 넘어서야 노는 즐거움을 알게 되었다. 그러면서 상미는 어디를 가든 자신의 얼굴을 찍기 시작했다. 핸드폰 속에는 상미의 얼굴이 가득했다. 어디를 갔는지 무엇을 보고 행복을 느꼈는지는 도무지 알 수 없고, 온통 화면 가득 상미의 얼굴만 있었다. 그러나 사진 속 상미는 어디에서든 무엇을 하든 웃고 있었다. 상미가 어딘가 놀러 가서 사진을 찍어 보내면 나는 언제나, 왜 항상 사진을 이렇게 찍느냐고 볼멘소리를 던졌다. 하지만 사실 나는, 견딜 수 없는 행복이 입가에 넘실대는, 화면 가득한 상미의 얼굴을 보며 매번 남몰래 행복해서 웃었다. 상미의 얼굴 속 아직 그 자리에 남은 어린 상미가 크게 웃는 것을 보았기 때문이다.

상미의 목소리

　상미는 내게 무언가를 사 주고 나면 목소리가 산뜻해졌다. 그건 아마 상미가 외로웠기 때문일 것이다. 어린 내가 외로운 것같이 느껴질 때마다 상미는 내게 무언가를 사 주었다. 어린 나를 두고 어쩔 줄 몰랐기 때문이다. 내가 무언가를 건네받을 때 느낄 기쁨이 사랑으로 전달되기를 바라며, 상미는 외로워서 사 줬다. 상미는 외로움을 잘 알았다. 영주에게서 자란 어린 상미도 그 작은 마음이 아리도록 외로웠기 때문이다. 상미는 어찌할 바를 몰라, 외로운 마음에 사 줬다. 나는, 상미의 산뜻한 목소리 끝에 아직도 묻은 외로움을 종종 느낀다.

첫눈

첫눈이 오던 날 꼭두새벽, 상미는 현관문을 열고 집 안을 향해 경이로움에 찬 목소리로 외쳤다. "아, 지금 밖에 눈이 펑펑 쏟아져." 이내 문이 닫히는 소리가 들렸다. 상미는 어디로 갔을까. 아무도 깨지 않은 적막한 복도에서, 차가운 새벽 공기 속 떨어지는 눈을 보며 홀로 서 있을 상미를 떠올리며 나는 다시 잠을 청했다. 상미는 매일같이 동트기 전 눈을 떴다. 그러고는 숨소리만 가득한 집 안에 부산한 소리를 가득 채운 뒤, 휙 나가 버렸다. 상미가 나간 세계는 다시 고요하다. 아침을 기다리는 적막한 고요만 남았다.

상미의 얼굴

어린 상미는 비가 많이 오면 소, 돼지들과 초가지붕이 거센 강물에 쓸려 떠내려가는 것을 볼 수 있을 만큼 높은 언덕에 살았다. 요즘도 폭우가 올 때면 상미는, 매서운 물길에 사지를 떨며 속절없이 떠내려가던 그때의 소와 돼지의 눈빛이 종종 떠오른다고 했다.

집에서 한참을 걸어가야 친구를 만날 수 있을 만큼 높은 언덕에 살던 어린 상미는 많은 외로움을 느꼈다. 그래도 어린 상미는 언니들과 무 뿌리를 깎아 먹거나 논두렁에서 미꾸라지를 잡았고, 발이 깊게 빠질 만큼 눈이 많이 오는 겨울이 되면 조용히 나와서 눈을 치우는 오빠를 보며 오빠가 참 든든하다고 생각했다. 어린 상미는 많은 형제들과 함께 높은 언덕에서 살았다.

내가 많은 이들의 초상 사진을 남기기 시작하며 가장 사랑하게 된 얼굴은 어린 상미의 얼굴이었다. 그 얼굴은 너무나 당차고 야무져서, 이 소녀는 자라서 어떤 사람이 될까 꿈을 꾸게 만드는 얼굴이었다. 사랑 외에는 받은 것이 없는 듯한 얼굴이었다. 모든 낯선 곳을 꿈꾸고 있는 듯한 얼굴이었다. 그 어린 얼굴에 기품과 자신이 서려 있었다.

참 닮고 싶은 얼굴이었다. 사진 속 갈래머리를 한 어린 상미는 그 다부진 얼굴로 엄마 옆에 꼭 붙어 서서, 동틀 때의 새의 지저귐처럼 환하게 웃고 있었다. 그러나 상미는 내게 말했다. "나는 자유가 없었어. 머리도 내 마음대로 한 번 못해. 네 할머니가 매번 이렇게 양 갈래로 땋아 줬어. 그래도 할머니는 멋쟁이잖아. 보자기를 가져와서 이렇게 묶어 줬지."

영주는 그 높은 언덕에서 어린 상미를 그렇게 키웠다.

집안 고된 일은 언니들과 오빠가 모두 하고, 어린 상미는 바닥에 앉은 기억이 없을 정도로 엄마 품에 꼭 안기어 살았다. 아버지는 매일 자전거 뒤꽁무니에 어린 상미를 태우고 다니고, 온 가족은 처음 난 것은 모두 어린 상미에게 주었다. 소의 첫젖, 가마솥 밥에서 끓어오르는 고소한 첫 물, 집안의 처음 것은 모두 어린 상미 차지였다. 외출할 적이면 영주는 언제나 어린 상미가 좋아하는 포도 한 송이를 사 왔다. 어린 상미도 그 사랑을 알았다. 상미는 그 어린 나이에도, 막내라고 어린 상미에게만 지어 준 겨울 색동저고리가 너무 좋아서 겨우내 입고도 봄까지 홀로 입고 다녔다. 영주가 사다 준 색동 고무신을 어디를 가든 오래도록 신고 다녔다. 어디에서든 사랑받으라는 영주의 섬세한 손길 속에서 상미는 그토록 사랑을 받으며 자랐다.

그러나 언니들과 오빠는 모두 일 가고 학교 가고, 부모님은 종일토록 일을 하기에 어린 상미는 많은 날을 텅 빈 집에 혼자 있었다. 상미 곁에 큰 개들과 닭과 병아리들, 소들이 함께 있었어도 엄마가 잘게 찢어 놓고 간 장조림을 아직도 기억할 만큼, 어린 상미는 외로운 시간을 많이 보냈다.

모든 식구가 나가고 혼자 남을 어린 상미가 딱한 마음에 엄마가 머리맡에 5원을 두고 가면, 상미는 우물 옆 돌계단을 오르고 언덕을 올라 하나둘 나오는 집을 지나야 보이는 작은 가게에 가서 초콜릿을 하나 사 먹었다. 그것은 어린 상미의 큰 행복 중 하나였다. 상미는 어린 발걸음으로 집을 돌며 닭에게 물을 주거나 아주까리 열매 열리는 것을 구경하고 집 앞의 가지와 산딸기를 따서 먹으며 하루를 보냈다. 학교에서 소풍을 갈 적이면 종종 엄마가 오지 않아 누구와 밥을 먹을까 걱정을 하며 학교로 향했다.

그래서 상미는 겨울을 좋아했다. 겨울이 되면 크리스마스에 교회에서 많은 사람을 만날 수 있기에, 겨울이 되면 김장 김치를 들고 찾아온 동네 사람들이 집에 북적이기에 상미는 겨울을 좋아했다. 어른들에게는 그 겨울이 고되었을지라도 어린 상미는 사람이 너무 그리워서 겨울이 정말 좋았다. 그토록 천진한 것 같던 어린 상미 또한 마음 깊은 곳에 자신도 모르는 외로움을 안고 자랐던 것이다.

상미는 상미의 얼굴을 싫어했다. 어찌 보면 냉정해 보이는 것 같고, 어찌 보면 참으로 어리숙해 보이는 것 같아서 마음에 안 든다고 했다. 어떻게 살아온 지도 모를 세월이었는데, 얼굴에는 결국 감출 수 없이 모두 남은 그 생이 그저 어리숙하게 산 것만 같아서 상미는 아쉬움이 남았다.

어린 상미는 들에 핀 꽃처럼 자랐다. 어느 누구도 돌보지 않아도 신이 돌보고 기억하는, 들에 핀 그 작은 들꽃처럼 외로움을 안고 자랐어도 외로움보다 더 깊은 사랑의 호흡 아래 자랐다. 사랑한다 말은 안 하여도 모든 것에서 느껴지는 사랑의 표징 속에서 자랐다. 어린 상미의 얼굴은 온 가족의 땀이자 생이었다. 그러나 그토록 천진하고 말갛던 어느 숲과 같던 상미의 얼굴에도 세월과 바람이 밀려오며 나무들이 서로 부딪혀 울고, 크게 소리를 내었다. 멀리서 볼 때에는 잔잔하고 온전한 것 같아도 나무들은 서로 몸을 흔들며 소리 없이 울었다. 어느새 상미의 얼굴에는 도무지 지워지지 않을 것 같은 깊은 상흔의 골짜기만 남았다. 상미의 품에 안겨 걸음마를 겨우 떼던 내가 어느덧 스스로 돌산에 올라 문득 뒤를 돌아보았을 때, 내 뒤에는 너무도 애잔한 얼굴만 남아 있을 뿐이었다.

상미의 얼굴을 본다.

사진 속의 어린 상미는 어디에 있을까. 강가에 홀로 서서 집에 돌아올 가족을 기다리는 그 아이의 모습을 그려 본다. 이른 아침, 마당에 홀로 쪼그려 앉아 이슬 맺힌 나팔꽃이 활짝 필 때까지 가만히 바라보다가, 이내 "아침밥 먹어라." 하고 부르는 엄마의 목소리를 향해 환하게 웃으며 뛰어가는 그 작은 아이를 그려 본다. 그 아이를 만난다면 나는 그저 꼭 껴안으며, 사랑한다 말하고 싶다.

서울

지하도를 걷던 중, 누군가 급히 뛰어가며 옆 사람에게 하는 말이 들려왔다. "서울 사람들은 옆집 사람 못 사귄다고." 나는 그 말이 너무도 기발하고 유쾌하여 그 자리에서 즐겁게 웃고 말았다. 서울 사람을 단 한 문장으로 가장 정확히 논한 말이었다. 나는 서울에서 태어나 평생을 서울에서 산, 서울이 고향, 서울 사람이다. 상미와 영주, 우리 삼대는 모두 서울이 고향인 서울 사람들이다.

상미가 국민학교를 다닐 무렵 서울에는 수도권 전철 1호선이 생겼다. 곡예단이 외줄 타기를 보여 주던 한강 모래밭에는 수십 명의 사람들이 큰 뗏목을 타려고 줄을 서서 기다리고 있었다. 우마차도 탈 수 있을 만큼 큰 뗏목은 난간도 없었는데, 수십 명의 사람들이 앉지도 못한 채 뗏목 위에 빼곡히 모여 서서 두 명의 뗏목꾼을 의지해 강을 건넜다. 뗏목이 뒤집히면 큰 사고가 날 수 있는데도 사람들은 몇 척 없는 뗏목을 타고 강을 오고 갔다. 영주는 상미의 고무신을 사기 위해 그 뗏목을 타고 강을 건넜다. 목욕탕을 가려면 온 가족이 그 뗏목을 탔다. 뗏목은 제3한강교가 생기며, 더는 운행을 하지 않았다.

어느덧 상미의 집에서 조금 먼 곳에 아파트가 들어서기 시작했다. 그때 요즘 세상에도 우물물을 마시는 집이 있다며 한 무리의 사람들이 상미의 집을 촬영하러 오거나, 멋진 양장을 차려입은 부모가 어린아이를 데리고 와서 상미의 집 근처 논과 밭을 구경시켜 주기도 했다. 아파트와 초가집, 기와집이 서로 마주 보며 공존하는, 그야말로 격동의 서울이었다. 색동 고무신을 신은 어린 상미는 작은 언덕에 서서 그 모든 것을 지켜보았다. 어느덧 친구네 집을 가려고 넘어가던 고갯마루도 없어지고, 동물들이 숨어 울던 숲도, 어두운 밤길도 점점 줄어 갔다. 모든 것이 훤히 보이던 너른 들판에 집들이 솟구쳐 오르고, 우마차가 거닐던 흙길은 자동차 바퀴가 힘껏 굴러도 좋을 만큼 널찍한 도로가 되었다. 상미는 서울의 또 한 번의 탄생, 그 한가운데 선 목격자였다. 서울은 누구도 이전 것은 기억하지 못할 새로운 얼굴로 격변하며, 새로이 탄생하였다. 그것이 상미의 서울이었다.

영주는 어린 상미를 위해 뗏목을 타고 한강을 건너고, 한겨울
이 되면 맹추위에 두껍게 언 한강을 두 다리로 건넜다. 병아리 감
별을 잘해서 어느 날은 병아리를 머리에 한가득 이고 강을 건너
오고, 떡을 잘해서 어느 날은 떡을 한가득 이고 두 다리로 강을
건너갔다. 아직은 황무지 같던 서울에서 영주는 그저 무심히 살
았다. 손이 닳도록 끝없는 성실로 살았다. 그러나 그 성실하고 평
범한 삶 속에서 또한 영주는, 하나밖에 없는 장성한 아들을 잃었
다. 그것이 영주의 서울이었다.

영주가 아들을 잃은 날은 상미의 예비고사 날이었다. 영주는
아들이 위급하다는 소식에도 상미에게 그 소식을 알리지 않고 아
들을 향해 급히 뛰었다. 이제는 없는 아들을 곁에 두고는 상미에
게 전화를 걸어 "걱정 말아라. 시험 잘 보고 오거라." 하고는 전화
를 끊었다. 그렇게 아들을 묻고 돌아온 영주는 다시금 손이 닳도
록 소젖을 짜고 닭을 돌보고 떡을 팔고, 밤새 옷을 짰다. 아들이
묻혀 있는 곳, 그곳이 영주의 서울이었다. 영주에게 서울은 마음
의 무덤이었다. 그러나 영주는 야속한 서울에서, 그 슬픈 삶 중에
서도 한시도 일을 놓지 않았다.

영주 또한 서울에서 태어났다. 나는 그것을, 점차 노년이 짙어
지며 어머니가 그리워 어머니에게 가고 싶다는 말과 함께 서울의
어느 주소지를 자주 속삭이던 영주의 서글픈 혼잣말에서 알게 되

었다. 가족들은 내게 그 주소지를 되묻지 말라고 하였다. 다시는 돌아갈 수 없는 곳이었다. 돌아가도 어머니는 그곳에 없었다. 영주가 홀로 속삭이던 그 주소지는 지금은 서울 어느 동네의 작은 부동산이 되어 있었다.

영주는 언제나 서둘러 한강을 건너고, 산을 넘어서 집으로 돌아왔다. 집에는 영주를 기다리는 소와 닭과 돼지와 많은 생명, 그리고 아이들이 있었기 때문이었다. 영주가 마음이 미어져도 떠날 수 없고 멀리 떠나도 서둘러 돌아와야 했던 그곳은 그저 서울이 아닌, 가족이 있는 곳, 집이었다.

내가 걸음이 늦어 여전히 땅을 기어 다닐 때, 서울 하늘에는 수많은 비둘기가 동시에 하늘을 날았다. 아이들은 자부심을 안고 청명한 하늘을 향해 뛰며 어른들은 자긍심을 안고 서울의 성장에 풀무질을 했다. 서울은 또 다른 의미로 급변했다.

그러나 나는 급변하는 서울에서 무심하게도 자랐다. 부모님이 안 계실 때면 긴 전화선을 뽑아서 인터넷을 하고, 오래도록 엄마를 졸라서 겨우 산 삐삐의 삐삐 줄을 튕기며 하루를 보냈다. 삐삐로 기껏 하는 것이라고는 방금 전 헤어진 친구에게서 온 메시지를 들으러 공중전화로 뛰어가거나 집으로 뛰어가는 것이었다. 아이들은 놀이터에서 싸우고 편을 갈라도 집으로 돌아가는 길에는 모두 어깨동무를 하고 이 집 저 집으로 놀러 갔고, 토요일이면 서로의 생일을 축하해 주려고 선물을 들고 이 집 저 집 뛰어다녔다. 어디서 만나자고 하면 꼼짝없이 약속 장소에서 기다려야 하는 것이 우리 시대였다. 그것이 나의 유년의 서울이었다. 정겨운 서울이었다. 그러나 많은 아이들이 밤과 낮 기약 없이 일하는 부모와 함께 빈집에서 자랐다. 희생을 미덕이라 여기고 쉼을 수치라 여기는 수많은 사람들이 온 생을 태워 이룩한 서울에서, 아이들은 부모의 발걸음 소리를 기다리며 자랐다. 서울의 불은 꺼진 적이 없었다. 거인처럼 자라나는 서울, 그 안에서 많은 아이들과 많은 어른들이 스스로 자랐다.

영주와 상미, 그리고 나는 서울밖에 모르고 살았다. 서울이 아닌 다른 곳에 가면, 괜스레 어리숙하고 깍쟁이 같고 연약하게 느껴질 만큼 우리는 서울밖에 모르고 살았다. 그러나 누가 서울을 연약하다 할 수 있을까.

한밤의 찢어지는 성장통처럼 몸살과 환희를 겪으며 성장하는 서울 한가운데서 나는 자랐다. 기억에서 사라져 가는 많은 희생 위에서, 수많은 고독과 곤함, 슬픔으로 밝힌 서울의 불빛 아래에서 나는 자랐다. 외로운 서울을 떠날 수 없는 많은 이의 눈물이 이룩한 서울에서 나는 자랐다. 그러나 이것이 오직 서울뿐일까.

이것은 어쩌면 모든 고향에 대한 이야기일지도 모른다.

　나 또한 영주처럼 서울을 떠났었다. 매정한 서울이 싫어서, 이
기적이고 유약한 것만 같은 서울이 싫어서 나는 오래 방황하고
많은 날을 떠났다. 그러나 타국의 어느 외딴곳 깊은 숲 어딘가에
서도 밤이 되면 결국, 눈이 부시도록 환한 서울의 불빛을 그리워
하는 나의 마음 어딘가를 보며 그제야 나는 깨달았다. 서울은 기
어이 돌아올 수밖에 없는 나의 집, 나의 고향이었다. 서울은 나의
모든 생을 함께해 주었던, 나의 고향이었다. 나 또한 영주처럼,
어디를 떠나도 결국에는 다시 집으로 돌아왔다. 나의 고향 서울,
누가 서울을 연약하다고 할 수 있을까.
　그러나 참으로 맞는 말이다. 나는 서울 사람들은 옆집 사람 못
사귄다는 유쾌한 그 말에 크게 공감하며, 다시금 즐거이 길을 걸
었다.

산 너머 다리 너머

영주는 부른 배를 안고 식구들 저녁상을 차리려 김칫독을 열다가 상미를 낳았다고 했다.

가로등은커녕 빛 하나 없던 그 어두운 밤, 상미가 곧 나온다고 하자 아직 어린 첫째가 산을 넘어 외할머니를 모시고 왔다.

깊은 산이었다. 그 깊은 산 어두운 밤. 더 먼 옛날, 상미의 외할머니가 젊을 적, 외할머니는 짙은 어두움 속 매섭게 번쩍이는 크고 동그란 두 불빛을 그 산에서 보았다고 했다. 오금이 저릴 만치 번쩍이는 그 불빛이 범의 눈이었다는 것을, 상미의 외할머니는 나중에야 알았다고 한다. 어린 첫째는 막내 상미가 태어난다는 소식에 범이 있던 그 산을 한달음에 넘었다. 범의 눈을 기억하던 외할머니도 상미를 위해 그 산을 넘었다. 상미는 그렇게, 모두의 사랑으로 태어났다.

상미가 태어나니, 이미 많은 식구가 방 한 칸에 살고 있었다.

볼일을 보고 오면 누울 자리가 없어 밤사이 소변마저 참아야 할 만큼 작은 방 한 칸이었다. 온 식구는 그곳에서 오직 사랑의 마음만으로 한데 모여 살았다. 그 작은 집에서, 닳도록 부딪히는 가족의 얼굴들 속에서, 아기 상미는 자랐다.

영주가 토끼굴이라 불리는 불빛 하나 없는 작은 굴다리 밑을 지날 때에 작은 아기 상미를 업고 가면, 아기 상미는 큰 소리로 울며 혹은 칭얼대며 그렇게 영주의 두려움을 쫓아내 주었다. 작은 아기 상미는 영주를 응원하며 토끼굴을 지나갔다. '칠흑같이 어두운 밤, 작은 아기 하나 업고 가도 그리 든든하다고 했다.' 영주는 우는 아기 토닥이며, 사랑한다 말하며, 토끼굴을 지나갔다. 영주도 그렇게, 상미의 사랑으로 살았던 것이다.

목장의 딸

목장의 딸이 내게 들려준 이야기이다.

상미는 소들의 운동장을 좋아했다. 소들의 운동장 울타리에 올라앉으면 저 멀리 논과 밭이 보였다. 운동장을 느릿느릿 걷는 소를 보는 것은 어린 상미의 가장 큰 행복이었다. 소가 상미를 작고 어린 아이라고 무시하며 무서운 얼굴을 하여도, 어린 상미는 소의 시원하고 큰 눈을 가만히 들여다보며 소를 사랑하였다.

소는 상미에게 말을 걸었다. 느린 걸음으로, 큰 눈으로, 사방으로 흔드는 꼬리로, 우물거리는 입으로. 소는 어린아이에게 말을 걸었다.

어린 상미는 하루의 절반을 소 울타리에 대롱대롱 매달려서 이

쪽에서 저쪽으로 울타리를 타며 소를 구경했다. 소들은 대롱대롱 매달린 작은 아이를 그 큰 눈으로 구경하며, 작은 아이에게 말을 걸었다.

풀 먹인 이불 홑청이 빨랫줄에 널려서 바람 부는 언덕에 선 여자의 치맛자락처럼 휘날리면, 어린 상미는 펄럭이는 이불 홑청 사이를 뛰어다니며 냄새를 맡았다. 여러 물건이 가득한 안방의 누렇게 탄 아랫목에 앉아서 남폿불을 들여다보면 제 몸보다 더 큰, 남포등의 그림자가 벽에 아른거리는 것이 보였다. 어린 상미는 그것을 가만히 지켜보며 따뜻함을 느꼈다.

한여름이 되어 아버지가 집 한가운데 있는 깊은 우물에서 물 한 두레박을 끌어 올리면 어린 상미는 달려가 그 작은 꼬막손을 두레박에 넣어 물을 마셨다. 한강이 두껍게 어는 한겨울이 되면 어린 상미는 손과 얼굴이 빨갛고 거칠게 트는 줄도 모르고, 양말에 큰 구멍이 나는 줄도 모르고, 꽁꽁 언 한강을 수십 번도 더 오가며 미끄럼을 탔다.

목장에 이른 아침이 오면 아버지는 추워서 서로 웅크리고 앉은 작고 노란 병아리들을 위해 발전기를 돌렸다. 어린 상미는 아침 이면 몸을 곧바로 일으키지 않고, 부엌에서 아침 준비를 하는 엄마의 움직임 소리에 귀를 기울이다가 일부러 "엄마" 하고 큰 소리로 외쳤다. 그러면 엄마는 방으로 들어와 어린 상미를 안아 일으켜 주었다. 목욕을 할 때면 엄마는 가마솥에 한소끔 끓인 물을 조금 식혀서 소여물 넣던 검정 고무 대야에 가득 채워 주었다. 어린 상미가 그 따뜻한 물속으로 들어가 앉으면 엄마는 등을 쓸어 주었다. 상미가 다래끼가 나면 엄마는 엄지손가락에 바늘로 가위표를 긋고 옷의 오른쪽 끝자락을 실로 돌돌 말아 묶어 주었다. 그러면 정말 신기하게도 다래끼가 모두 나았다.

어린 상미는 가끔 친구들이 있는 동네에 놀러 갈 때면 엄마가 뜬 알록달록한 원피스를 입고 가서 '앞으로 앞으로' 목청껏 노래를 부르며 고무줄놀이를 했다. 겨울이 되면 꽁꽁 언 저수지에서 엄마가 땋아 준 갈래머리를 휘날리며, 엄마가 준 스케이트를 신고 얼음을 지치며 놀았다.

언니들과 함께 한강으로 놀러 갈 때면 작고 어린 상미는 할 수 있는 것이 두꺼비 집을 짓는 것밖에 없어서, 목청껏 두꺼비를 부르며 수없이 많은 집을 지어 놓고는 어두워지면 집으로 돌아와 언니들에게 또 가자고 밤새 졸랐다. 비가 많이 오는 날이면 언니는 어린 상미를 데리고 높은 언덕에 올라 강 상류에서 떠내려오는 초가지붕과 소와 돼지들을 슬픈 얼굴로 바라보았다.

　소달구지를 끌고 오던 아버지가 소와 함께 언덕을 데굴데굴 굴러 내려왔을 때, 밤새 남폿불을 끄지 않고 아버지를 간호하던 엄마 곁에 누운 어린 상미는 밤새도록 켜진 그 불빛을 바라보며 오랜 밤을 지루하다고 느꼈다. 그처럼 상미는 그저 어린아이였다. 그러나 엄마의 정성으로 회복한 아버지를 보니 상미는 그 어린 마음에도, 엄마와 아버지 곁을 지킨 남폿불이 참 고마웠다.
　어느 날 건초를 쌓아 놓은 곳에 큰불이 나서 사람들이 사방으로 뛰어다닐 때에도, 어린 상미는 그저 한구석에 앉아 불을 보는 것 외에는 아무것도 할 수 없었다. 상미는 그렇게 작고 작은 어린아이였다.

　그런 어린 상미가 손수건을 가슴에 꽂고 처음으로 학교에 입학하던 날, 엄마는 저 멀리 서고 상미는 엄마와 떨어져 홀로 섰다. 그날, 엄마의 손을 잡고 집으로 돌아오던 그 길은 너무 멀고 힘들었다. 작은 상미는 그날 이후 그 멀고 외로운 길을 수없이 홀로 걸었다. 그러나 비가 많이 오던 날 홀로 집으로 돌아오던 길, 작은 상미는 친구 엄마가 친구를 업고 개울을 건너다가 함께 개울에 풍덩 빠지는 모습을 저 멀리서 보게 되었다. 그날 상미는 그 어린 마음에 엄마가 나를 데리러 오지 않아 다행이라 생각하며, 나는 엄마 없이도 걸어갈 수 있다고 그 작은 마음 달래며 집으로 돌아왔다.

엄마는 날마다 작은 목욕탕 의자에 앉아 수많은 소의 젖을 짰다. 아버지는 소와 함께 언덕을 굴러도 다시 소들을 데리고 운동장에 가고, 넓은 목장을 쓸고 또 쓸었다. 그 넓은 목장에서 엄마와 아버지는 하루 종일 등도 펴지 못하고 일을 했다. 밥 먹을 적에만 고단한 얼굴을 잠시 마주했다. 엄마와 아버지, 그리고 온 집에서 닭똥 냄새, 소똥 냄새가 났다. 그러나 사람들이 그 냄새에 아무리 손을 내둘러도 상미는 그 냄새가 너무 좋았다. 그것은 엄마와 아버지의 내음이었고, 목장의 내음이었다. 성실의 내음, 생명의 내음이었다. 그 작은 아이는, 엄마 아버지의 얼굴을 자주 볼수 없어도 소를 사랑하였다. 엄마 아버지가 생을 다해 돌보아 주는 목장의 생명들을 사랑하였다. 목장의 모든 생명도 작은 아이가 온종일 잰걸음으로 목장을 노니는 모습을 구경하였다. 목장의 모든 생명은 그 작고 어린 아이 하나를 지켜보며 돌보아 주었다.

이불 홑청 사이를 뛰어다니고 소 울타리에 올라앉아 저 먼 논과 밭을 온종일 쳐다보던 그 천진한 아이를, 남포등의 불빛을 가만히 들여다보며 꿈을 꾸고 홀로 두꺼비 집을 지어도 언니들과 함께여서 마냥 행복했던 그 작은 아이를, 아침이 되어도 엄마가 안아 주기를 기다리며 엄마가 해 준 목욕물이 좋아 검은 고무 대야를 잊지 못하는 그 어린 아이를, 목청껏 노래를 부르며 고무줄 놀이를 하고 꽁꽁 언 한강 위를 쉬지 않고 오르내리던 그 용감한 아이를, 송아지와 병아리와 함께 자란 목장의 딸을, 목장의 모든 생명은 그 작은 아이 하나를 지켜보며 외롭지 않도록, 용기를 잃지 않도록, 사랑을 기억하도록 돌보아 주었다.

엄마의 탄생

그 고통을 무어라 말할 수 있을까. 영원히 끝나지 않을 것 같은 고통, 차라리 죽는 것이 더 나을 것 같은 그 고통 안에서 한 사람이 죽고 또 죽을 때, 그때 아기가 태어났다. 어떻게 아팠느냐고 누군가 그날의 기억을 물으면 그 아픔을 도대체 어떤 말로 표현할 수 있을까. 어떻게 나왔는지도 모르게 아기가 몸에서 빠져나왔다. 아기도 엄마도 고통을 깨고, 이 세상에 태어났다.

아기가 태어난 날, '엄마'가 태어났다.

엄마는 내가 기억하지 못하는, 나와 '엄마'의 탄생에 관한 이야기를 내게 적어 주었다.

'아이를 간절히 원하던 세월이 3년이었다. 몸이 상하는 한이 있더라도 꼭 엄마가 되고 싶어서, 간절히 구하고 또 구하며 기다린 3년이었다. 드디어 산부인과에서 임신이라는 말을 듣고 나오던 날, 이것이 꿈결인가 정말인가 도무지 믿을 수가 없어서 한참을 생각하다가 하늘을 날아가듯 집으로 뛰어왔다. 열 달 후, 아기가 나올 날이 되었는데 그토록 기다리던 아기가 약속한 날 나오지 않았다. 엄마가 되기도 전부터 너무 큰 고생이었다. 너무나 고통스러워서 수술을 해 달라고 수시로 소리칠 만큼 긴 싸움 끝에, 아기는 결국 세상에 나와서 동그란 눈을 크게 뜨고 나를 쳐다보았다. "공주님입니다." 그 말과 함께, 나는 긴 고통에서 승리했다.

나는, 엄마가 되었다.

어린 내가 어린 아기를 출산했다.

너무도 무서웠지만 나는 어린 엄마가 되었다. 무섭고, 두렵고, 답답했다. 아기 아빠도 아기 엄마도 모두 어렸다. 아기가 태어날 적에 눈 위가 퉁퉁 부은 듯하여 두려운 생각이 들었다. 그런데 나의 엄마가 나의 모유를 아기 눈에 발라 주며 지극정성으로 돌보아 주니 부은 곳이 얼마 지나지 않아 정상이 되었다.

남편의 직업으로 인해 이사를 갔을 적, 아파트에 도착하니 사람들이 아이가 아기를 업고 다닌다 하였다. 하루는 아기가 똥을 못 싸서 울자 동네 아주머니들이 보리차에 설탕 조금, 소금 조금 넣어 아기에게 주었다. 그러자 아기가 금세 시원한 변을 보았다.

아기가 울어도, 아기가 열이 나도, 아파트 온 식구들이 우리 아기의 엄마가 되어 주었다.

나는 아기가 우는 것을 힘들어했다. 아기가 낮과 밤이 바뀌어 낮에는 잠을 자고, 밤이 되면 크게 울었다. 아기를 업고 일을 하고, 아기를 데리고 일을 갔다. 집에 들어오면 등에 업힌 아기가 항상 신발을 한쪽만 신고 있었다. 집을 나갈 때는 양발에 신을 신고 나가도, 돌아올 적이면 늘 신발 한쪽을 잃은 채 업혀 있었다. 우리 집 신발장에는 늘 짝이 맞지 않는 신발만 쌓여 갔다.

아기가 자주 아파서 금요일 저녁이 되면 아기를 끌어안고 병원에 갔다. 입원도 자주 하고 병원에 있는 날이 많았다. 병원에 가면 아기가 크게 울었다. 그러면 아기가 혹여 어떻게 될까 싶어 가슴이 아팠다. 아기가 아프면 나도 아팠다. 나도 엄마가 처음이었다.

아기는 항상 천 기저귀를 했기에 집 안에는 늘 천 기저귀가 만국기처럼 펄럭였다. 내게 그토록 귀한 첫아기였다. 그런 아기가 자라서 오랜 시간 밥을 먹지 않고 고집을 피우며 눈을 감고 베란다로 도망을 칠 때면, 나는 어떻게 해야 할지 몰랐다. 아기가 더 자랐을 때, 가족 모임에 입히려고 파란 체크무늬 원피스를 큰돈

주고 샀는데 결국 모임 몇 시간 만에 옷을 갈아입었다. 그 후로도 안 입겠다고 더욱 고집을 부려서 그 옷은 단 한 번도 입히지 못했다. 정말 속상했다. 고집 센 우리 아기.

나는 아기를 땅에 내려놓지도 못하고 항상 쩔쩔매며 걱정주머니를 찬 채, 아기를 돌보았다. 그래도, 그래도 아기는 내게 자신감과 용기를 주었다. 아기로 인해, 나는 무엇이든 할 수 있었다. 나는 아기와 함께 점점 엄마가 되어 갔다.'

내가 태어나던 그 순간 상미는 갑작스레, 엄마가 되었다. 열 달의 고생도 모자라 차라리 죽음을 택하고 싶은 고통 중에 나는 태어났다. 그때, '엄마'도 함께 태어났다. 나와 함께 태어난 엄마는 나의 성장과 함께, 날마다 엄마가 되어 갔다.

상미도 모든 것이 처음이었다. 그러나 엄마를 의지하고 엄마를 바라보고 때론 엄마를 미워하는 나를 위해 상미는 결국 엄마의 삶을 살아갔다. 엄마는 나로 인해 엄마가 되었다. 상미는 나를 위해 엄마가 되었다.

엄마, 그 이름을 생각만 하여도 나는 왜 이토록 마음이 저며 올까.

내가 태어나던 날, 엄마는 그 혼란 속에서 아기 울음소리를 들으며 그렇게 생각했다고 한다. '이 아기와 함께 새 인생을 시작해야지. 나도 엄마가 되었다. 내게도, 가족이 생겼다.'

상미는 그렇게, 엄마가 되었다.

90년대 토요일

90년대 매주 토요일이면 생일 초대를 받은 아이들이 동네에서 떼를 이루어 이 집 저 집 뛰어다녔다. 생일이 어느 요일이든 모든 아이들이 토요일에 생일 파티를 열었다. 친구를 초대하기 위해서 였다. 매주 수많은 생일 파티가 열린 덕분에 많은 아이들이 토요일이 되면 꽁무니가 빠지도록 이 집 저 집을 쏘다녔다. 초대를 받은 아이들은 일주일 동안 준비한 작은 선물을 들고 가서 친구 부모님이 차려 주는 생일상을 거하게 먹고는, 생일 맞은 아이 아랑 곳 않고 남의 집 방방마다 들어가서 뛰거나 별것 아닌 말에 이리 저리 뒹굴며 웃고 집 앞 놀이터로 뛰쳐나가 놀았다. 그리고 결국은 모두 놀이터에 모였다. 생일을 맞이한 아이의 집 현관문은 온종일 열려 있었다. 그 집 복도에는 아이들 발 구르는 소리, 이리 저리 떼 지어 몰려다니는 소리, 시끌벅적 오고 가는 소리가 온종일 가득했다. 아이들은 이 집 갔다가 저 집 가고 또다시 이 집으로 돌아오기를 종일 반복했다.

내가 90년대 토요일을 이토록 생생히 기억하는 까닭은 어느 날 본 사진 한 장 때문이었다. 분홍 원피스를 입고 고깔모자를 삐뚤게 쓴 채 화가 잔뜩 난 표정으로, 상다리가 휘어지도록 차려 놓은 생일상 한가운데 앉아 있는 나와 고깔모자를 쓰고 생일상 주변 여기저기에 앉아서 엉덩이를 들썩이며, 입을 크게 벌려 개구진 표정을 하고 있는 아이들이 찍힌 사진이었다. 갈색 교자상 위에는 떡볶이, 피자, 치킨, 김밥, 과자 같은 음식들이 한 상 가득 차려져 있었고 내게 바싹 붙어 있는 아이, 소파에 올라간 아이, 서로서로 붙어 있는 아이, 모두 제각기 양손으로 브이를 하고는 깔깔대며 웃고 있었다. 상미는 이 사진을 찍으며 얼마나 즐거웠을까.

부모들의 90년대 토요일은 정신없이 지나갔다. 아이가 생일 초대를 받으면 학용품이나 작은 선물을 사서 곱게 포장을 한 뒤 친구 집에 들려 보냈고, 생일 주인공이 되면 일주일 전부터 종이에 그림을 그리고 오려 붙여서 초대장을 만들어 학교에 들려 보냈다. 그러고는 며칠 내내, 놀러 올 아이들에게 어떤 음식을 해 줄지 고민을 했다. 금요일이면 한가득 장을 봐서, 하염없이 자고 있는 생일 주인공 곁에서 이른 새벽부터 치킨을 튀기고, 김밥을 싸고, 떡볶이를 만들며 정신없이 요리를 했다. 생일 주인공은 그저, 좋아하는 친구가 올까 안 올까 그 걱정만 하면 되었다.

토요일이 되면 남자아이 여자아이 할 것 없이 작은 아이들이 벌 떼처럼 몰려와서 해 놓은 음식은 다 먹지도 않고, 이 방 저 방 뛰고 구르고 싸우고 화해하며 제각기 서로 아랑곳 않고 놀았다. 방마다 아이들 웃음소리가 들려오고 많은 아이들이 현관으로 수시로 드나들었다. 초대받은 아이, 초대 안 받은 아이, 모르는 아이, 건너 아는 아이, 너 나 할 것 없이 찾아오는 아이들 때문에 현관문을 온종일 열어 놓아야 했다.

그때 상미는 삼십 대였다. 상미는 집에 찾아올 아이들을 위해 고깔모자를 만들고 교자상 가득 상을 차리며, 현관으로 쏟아져 들어오는 아이들을 맞이하고 아이들과 싸우고 껴안고 뛰고 웃는 나를 바라보고 있었을 것이다. 그것을 생각하니 내가 이제 그때의 상미의 나이가 되어 그 우스꽝스러운 생일 사진을 다시 보며 발견한 것은 잔뜩 뿔이 나서 우스운 나의 얼굴이 아닌, 그 사진을 찍으며 즐거워서 웃었을 상미의 얼굴이었다.

아이들이 한바탕 휩쓸고 놀이터로 모두 뛰어나가면, 상미는 아수라장이 된 집을 구석구석 청소하며 아이들이 남긴 유쾌한 흔적에 홀로 웃었을 것이다. 아이들이 먹다 말고 뛰어나가 남긴 음식을 정리하면서는 또 어떤 생각을 했을까. 요란하던 아이들이 모두 집으로 돌아가고, 혼자 남은 내가 정신없이 선물을 풀고 있으면 상미는 그 곁에 앉아서 선물 구경을 하며 작은 아이들이 준비해 온 선물이 기특하고 귀여워서 또 웃었을 것이다.

내가 이제야 그 나이가 되어 그때의 엄마를 생각하니, 그때는 참 유쾌하면서도 고생스러운 90년대 토요일이었다. 엄마는 지금도 그 길었던 90년대 토요일을 모두 기억한다. 어떤 해에 무슨 음식을 했었는지, 내가 어떤 선물을 받았었는지, 아이들이 집에서 무엇을 하며 놀았는지 모두 기억한다. 그러면서 엄마는 내가 행복해 보였다고 말했다. 전날 무겁게 장을 보면서도, 홀로 종일 음식을 하면서도, 요란하게 놀고 간 아수라장을 치우면서도 '너만 행복하면 됐다' 그 마음뿐이었다고 했다. 해마다 찾아오던 90년대 토요일, 엄마는 그때를 생각하며 웃으며 말했다. "아마 90년대 토요일은 아이들이 가장 행복한 시대가 아니었을까. 난 참 즐거웠어."

부모의 시간

　나의 부모의 속절없이 흐르는 시간을 생각하면 항상 그 끝에는 인생이 얼마나 허무하고 덧없는지, 저미는 마음만 남는다. 내가 낭비한 부모의 시간, 나의 부모는 무엇이 그리 급해서 나보다 먼저 서둘러 살아왔을까. 부모의 시간이 나와 함께 간다면 얼마나 좋을까. 나의 기억에 영원한 사랑과 영광으로 남을 부모의 시간. 부모의 얼굴을 마주 보고 있어도 그 얼굴이 한없이 그립다. 나의 노력에도 나의 간절함에도 나의 슬픔에도 결코 나를 기다려 주지 않을, 부모의 시간.

　지금 내 앞에 있는 나의 부모를 혹여 나의 부모로 만나지 않았더라면, 나는 그토록 미워하며 허무하게 시간을 낭비하지 않았을지도 모른다. 좀 더 상냥히 마음을 기울였을지도 모른다. 일상의 추억과 기억에서 오는 많은 감정을 잊지 않으려 더 많은 의미를 두었을지도 모른다. 더욱 사랑했을지도 모른다. 어쩌면 우리가 이러한 인연으로 만났기에 더 미워하고 허무하게 화를 내며, 기억해야 할 너무 많은 것을 잊었던 것은 아닐까. 나는 왜 이토록 미련하게 살았을까.

간혹 어느 날 부모와의 어느 대화 속에 부모 없이 홀로 남을 어느 날의 나의 미래가 자연스레 오고 갈 때면, 나는 무심결에 마음이 먹먹해진다. 언젠가 우리는 이별한다. 그러나 나의 모든 생에, 그것이 아주 먼 미래일지라도, 그 어디에서도 부모가 함께하기를 간절히 바라며 나는 많은 밤을 보낸다. 어째서 나는 이토록 이유 없이 조급하고 가슴 한편이 먹먹할까. 나의 부모의 시간이 영원하기를. 오늘도 먼 훗날 언젠가 응답 받지 못할 작은 기도를 드린다.

노크

    상미는 매번 똑똑, 문을 두드리고는 바로 문을 벌컥 열었다. 그렇게 문을 열 거면 왜 노크를 하느냐고 나는 물었다. 그러자 그다음부터 상미는 똑똑, 문을 두드리고는 가만히 서 있었다. 그 짧은 침묵 동안 나는 깊은 바다 가장 어두운 곳으로 가라앉는 듯한 기분을 느꼈다. 그다음부터 나는 날마다 문을 한 뼘 열어 놓았다.

딸의 식탁

엄마가 아들을 바라보고 있는 그 눈을 가만히 보고 있으면, 난 저 먼 곳에 선 것 같았다. '뭐가 미안해. 아들밖에 없지, 뭐.' 나는 오래도록 그 말을 많이 해 왔다. 그 말이 상미의 마음에 못을 박는 줄도 모르고, 내 마음 아픈 것에 마음이 굳어 나는 오래도록 그 말을 해 왔다. 엄마는 아들을 좋아한다, 그렇게 믿었다.

아무리 그리 생각하지 않으려 해도 아들이 없으면 무심해지는 저녁 식탁은 내게 늘 많은 것을 말해 주는 것 같았다. 상미는 바쁜 와중에도 아들의 안색을 살폈고, 아들 얼굴의 작은 변화에도 많은 감정을 느끼는 것 같았다. 나의 삶보다도 심지어 당신의 삶보다도, 아들의 삶이 우선인 것 같아 보였다.

한때 아들이 있는 저녁 식탁에는 새로 한 음식이 뜨겁게 올라

왔지만 아들이 없는 식탁에는 자주 냉동 음식이 놓인 적이 있었다. 온종일 닭이 먹고 싶어서 엄마 오기만을 기다리던 날조차도 아들이 늦어지자 덩그러니 놓여 있는 냉동 볶음밥을 보고, 어린 나는 괜스레 스스로 처량해져 게처럼 눈을 흘기며 많은 말을 크게 쏟아 냈었다. 불쑥 나온 그 말들은 마음에도 없는 말이었다. 그러나 어쩌면 그 말들은, 나도 모르는 깊은 심중에 악착같이 살아 있던 말이었을지도 몰랐다. 너무나 어린 마음으로부터 쏟아져 나와 모질게 뱉은 말이었다. 그러나 깊은 후회 중에도 그날따라 밀려드는 강한 서러움은 내 속을 회오리치며 나를 엉망으로 뒤흔들어 놓았다. 내 안에 오래 감춰 두었던 크고 작은 외로움의 응어리가 이토록 사소한 일에 그런 모진 말들로 터져 나왔다는 것이 나를 더욱 서럽게 했다. 그때는 엄마의 모든 생이 아들을 위해 존재하는 것만 같았다. 엄마의 얼굴이 아들에게로만 향한 것 같았다. 그 어린 날엔 그런 마음뿐이었다.

나는 그날 덩그러니 놓인 냉동 볶음밥과 함께 겸연쩍게 마주 앉은 상미를 뒤에 두고 서서, 벌게진 눈을 소리 없이 비비며 라면 한 봉지를 꺼냈다. 그 저녁 나는, 물이 가득한 라면에 닭처럼 고개를 묻고 말없이 식사를 했다. 눈물이 나는 것이 부끄러웠다. 그렇게 고개를 숙이고 남몰래 숨어 흘리는 눈물이지마는 나도 모르게 뚝뚝 떨어지는 많은 눈물에 속상하여 정신없이 눈물을 훔치며, 상미가 이마저도 무심한 것 같아서 더욱 서러워 고개를 더 파묻고 기억도 없이 식사를 마쳤다. 상미는 말이 없었다. 둘은 서로 마주 앉아 고개만 숙이고 있었다.

그날 나는 말도 없이 기억도 없이 별안간의 식사를 마치고 방에 들어와 온몸을 동그랗게 말고 벌건 눈을 비비며 많은 생각을 했다. 조금 있으니 아들이 들어오는 소리가 들리고, 또 곧 있으니 텔레비전 소리가 들려왔다. 좀 더 있으니 다 모인 가족의 말소리가 들려왔다. 다시, 평범한 저녁이 흘렀다.

상미는 다음 날 닭을 한 마리 사 와서는 "먹고 싶어서 사 왔지." 하며 겸연쩍은 듯 웃었다. 그날도 우리는 모두 말없이 식사를 했다. 민망함과 애달픔, 미안함이 상 아래 자욱이 깔렸다. 나는 그날 상 위에 덩그러니 놓인 닭 한 마리를 보며 왜 그리도 목이 메었는지 모른다. 나는 엄마의 얼굴이 아들에게로만 향해 있던 것이 아니라는 것을 알고 있었다.

그럼에도 나는 그 후에도 문득문득 탄생하는, 좀처럼 사그라들지 않는, 오래도록 사무치는 어떤 감정을 저 뒤편에 숨기고 살았던 모양이다. 나 홀로 앉아 있을 때면 불현듯, 항상 아들 뒤를 쫓던 엄마의 뒷모습이 눈에 아른거려 마음이 저려 왔다. 무언가 뜨거운 것이 가슴 깊은 곳에서 올라올 때면, 나는 많은 마음을 삼켰다. 그럼에도 맛있는 것을 먹으면 엄마 생각이 나고, 좋은 옷을 보면 그 옷을 입은 엄마 모습이 떠올라서 나도 모르게 주저 없이 옷을 사고, 맛있는 것을 사 들고 왔다. 그러면서 내가 무언가를 선물하면 고맙다, 하고 웃는 엄마의 얼굴에 마음이 애달파서 마음 깊은 곳이 더욱 아려 왔다. 엄마는 그저 나를 생각만 하여도 심중에 든든하여 그리하였다는 것을, 야무지고 용감히 살아갈 수 있을 것이라는 믿음 안에 나를 대했다는 것을 나는 알고 있었던 것이다. 나는 이미 그것을 알고 있었다.

나는 아직도 오래전 아들이 늦던 저녁 풍경들을 기억한다. 또한 그보다 더 많은 날의 쓸쓸한 풍경을 기억한다. 그때의 저녁마다 느껴지던 도저히 알 수 없던 서러움 또한 나는 여전히 기억한다. 하지만 상미는 그때 그런 마음이 아니었다는 것을, 나는 이제는 선명히 안다.

어느 순간, 우리에게서 그런 저녁은 사라졌다. 식탁에는 도무지 언제 늙었는지 모를 얼굴을 한 어느 가족이 앉아 있을 뿐이었다. '딸'도 '아들'도 더는 없었다. 서러움, 외로움 모두 어느 기억의 강에 던져두고, 우리는 세월의 손을 잡은 채 이미 멀리 왔다. 서러움과 외로움 모두 던져둔 어느 기억의 강기슭에, 이제는 언

제 늙었는지 모를 다 큰 어른과 노인이 서로를 의지한 채 기대어
서 있을 뿐이다.

엄마가 큰 산을 넘기 전

엄마가 병실 침대에 누워 생과 사의 꿈을 꾼다. 엄마는 슬프면 어디 가서 울까. 엄마는 울기 전 생각해야 할 사람이 너무 많다. 엄마는 슬프면 어디 가서 울까. 엄마의 눈물은 해일이 오기 전 바다와 같다. 새벽 바다와 같다. 오래된 숲 어딘가에 맺힌 작은 이슬처럼 엄마는 운다. 엄마의 눈물은 소리가 없다. 큰 산을 넘기 전, 엄마는 어디서 울고 있을까. 모두가 잠든 병실, 캄캄한 침대 위에 남몰래 깨어 앉아 홀로 울고 있겠지.

상미의 아버지

새벽에 집에 도둑이 들던 날, 어린 셋째와 어린 상미는 한방에서 자고 있었다. 아버지는 새벽 기도를 가던 중 문득 집으로 돌아가야겠다는 생각이 들어서 집으로 돌아왔는데 집 앞에 도둑이 서 있었다. 그길로 아버지는 도둑을 향해 소리를 치고, 엄마는 화장실에서 볼일을 보던 중 아이들에게 방문을 걸어 잠그라고 외쳤다. 어린 셋째는 문을 걸어 잠그고 상미에게 조용히 말했다. "창문 열고 소리 질러." 어린 상미는 창문을 열고 셋째에게 물었다. "뭐라고 소리 질러?" 상미는 그토록 어리숙하고 천진했다.

도망갔던 도둑이 후에 연이 닿아서 종종 집에 찾아와 아버지에게 문안을 하면, 아버지는 언제나 그 사람에게 필요한 것을 주어 보냈다고 한다. 상미는 그런 부모에게서 자랐다.

어린 상미네 집 앞에는 그이뿐 아니라 많은 이들이 찾아왔다. 아버지가 남몰래 학비를 대 준 아이들, 남몰래 도와준 노숙인들이 주말마다 집 앞에 와 있었다. 누구도 모르게 도움을 받은 많은 사람들이 주말이면 집 앞에 찾아왔다. 어린 상미가 토요일과 일요일이 오는 것이 무서울 만큼, 주말이 되면 형편 어려운 사람들이 집 앞에 서서 아버지를 찾았다. 어떤 이는 도와준 것 고맙다고 찾아와 인사를 하고, 어떤 이는 더 도와 달라며 큰 소리로 아버지를 불렀다. 그러면 아버지는 언제나 말없이 나가서 사람들을 만나고, 필요한 것을 주었다.

상미의 아버지가 백 세가 가까워 돌아가셨을 때, 많은 이가 밤낮없이 찾아왔다. 상미의 아버지는 줄지어 서서 울던 많은 사람의 행렬 가운데를 지나, 많은 이의 구슬픈 노랫소리를 지나 흙에 묻혔다. 나는 아직도 상미의 아버지, 나의 할아버지를 기억하던 그 수많은 얼굴들, 그 행렬을 기억한다. 아직도 그들의 구슬픈 노랫소리가 저 멀리에서부터 들려오는 것 같다. '나를 가장 사랑했던 아버지', 상미의 그 기억 너머, 많은 이의 생과 기억 어느 한편에 말없이 새겨진, 어느 한 사람. 상미는 그런 부모에게서 자랐던 것이다.

상미의 편지

'사랑하는 나의 아버지, 어머니.

지금 제 침대 머리맡에는 아버지 어머니 사진이 두 장 있어요. 그 사진에서 아버지와 어머니가 나를 바라보고 항상 웃으며 용기를 주고 있어요.

힘내라, 상미야.

상미는 장하다.

나에게 용기를 주는 아버지, 어머니.

그저 웃어 주기만 하셔도 나는 힘이 납니다. 아무 말씀 안 해 주셔도 괜찮아요. 그 미소만 있으면 됩니다. 그러면 나는 용기를 가질 수 있어요.

너무나 소중한 나의 아버지, 어머니.

자랑스러운 나의 아버지, 어머니.

나도 아버지, 어머니와 같은 부모가 될게요. 항상 응원해 주세요.

아버지, 어머니. 영원히, 영원히 사랑해요.'

막내딸 상미 올림

새벽

정말 그래서는 안 되지만 내가 살기 위해 생을 놓고 싶다고 말했을 때, 동이 채 트기도 전, 새벽이 오는 것 같은 어둡고 찬 빛이 희미하게 느껴지던 시간, 다 큰 어른이 되어 울다 지쳐 잠이 든 내 이마에 그 차갑고 거친 손을 올리고 숨죽여 흐느끼던 엄마의 떨림을 기억한다.

가장 깊은 어둠 속, 그 손끝에서 새벽이 왔다.

엄마의 우는 얼굴

여름 어느 날, 나는 깊은 절망에 빠져 온종일 거리를 배회했다. 오래도록 골목을 걷고 대로를 걸었다. 죽고 싶은 마음이었다. 그러다 결국 용기가 없어 아무것도 하지 못한 채 그 한스러움을 끌어안고 집으로 돌아오며, 길 위에서도 울고 집에 돌아와서도 방문을 닫고 오래도록 울었다. 그날은 집 안이 물안개가 피어오른 강가의 풍경처럼 먹먹해져서 저 멀리 홀로 떠 있는 '나'라는 작은 섬에 아무도 다가오지 못한 채 다들 애타는 마음만 끌어안고 있을 뿐이었다.

그날 밤, 엄마는 긴 강을 노 저어 다가와 '나'라는 작은 섬 강기슭 어딘가에 서서 문을 두드렸다. 방문을 열고 들어온 엄마는 내 앞에 어린 소녀처럼 쪼그려 앉아 울기 시작했다. 엄마의 우는 얼굴. 슬픔을 이기기 어려워 그것을 억누르려 하염없이 일그러진 엄마의 우는 얼굴을 보는 순간, 나는 뜨겁게 솟아오르는 슬픔을 느꼈다. 엄마는 아이처럼 울었다. 안아 주지 않는 것이 너무나 잔인하게 느껴질 만큼, 어린아이처럼 하염없이 일그러진 얼굴로 울기 시작했다. 엄마는 무엇을 생각하며 저리 우는 것일까.

엄마는 죽음을 두려워했다. 어느 날 큰 병이 찾아왔을 때, 죽음이 한 치 앞에 선 것을 느꼈을 때 엄마는 깨달았다. 언제든 자신을 데려갈 수 있는 것이 죽음이라는 것을, 그것을 깨달은 그날부터 엄마는 죽음을 두려워했다. 그러나 엄마가 죽음 앞에서 두려워했던 것은 엄마의 미래가 아닌, 나의 미래였다. 엄마는 그렇게, 하루라도 더 사는 것이 부모의 책임이라 여기며 할 수 있는 모든 힘을 다해 큰 산을 넘었다. 그럼에도 불구하고 엄마의 몸은 큰 해일이 휩쓸고 간 뒤 살아남은 작은 배와 같이, 너무나 나약해졌다. 그것은 엄마에게 언제나 죽음을 상기시켰다.

그 여름 그 밤 엄마는, 살아야 하는데 마음 같지 않게 시들어 가는 자신의 생에 대한 두려움과 생을 놓으려 하는 나에 대한 가여움이 한데 뒤섞여 솟구쳐 올라 그토록 일그러진 얼굴을 하고 울었던 것이다. 그날 엄마는 나에게 가엾다 하며, 나를 위해 오래도록 울었다.

나는 엄마의 우는 얼굴을 보며 별안간, 한때 당신을 배회하는 죽음을 외면하며 매일 아침을 맞이하던 엄마의 그 강인하고 숭고한 삶을 떠올렸다. 안아 주어야 한다, 안아 주어야 한다. 그렇게 생각하며 나는 엄마를 안아 주었다. 품 안의 엄마의 떨림 속에서 나는 죽음에 대한 강렬한 모든 생각과 충동을 잠시, 작은 오만처럼 느끼게 되었다. 그날 엄마는 나의 마음에 생명의 씨를 던져 놓고 오래도록 울었다.

너를 키우며

　우리는 너무 오랜 시간, 불같이 서로를 노여워하고 불같이 다퉜다. 불꽃같이 터져 나오는 모진 말들이 서로의 마음에 내리꽂히고, 폐허가 된 마음엔 허무한 바람이 불었다. 공허뿐이었다. 나는 도리어 점점 어른이 될수록 어린 시절의 외로운 나를 더욱 앞세워, 엄마에게 잔인하게도 많은 말을 쏟아 냈다. 그러면 엄마는 나를 참으로 사랑했다고 내게 말했다. 나는 그 말을 믿지 않았다.

　상미의 이야기를 쓰기 위해 엄마에게 많은 것을 묻기 시작하며, 나는 상미의 이야기를 들었다. 그러면서 나는 상미의 얼굴을 보았다. 상미가 '너를 키우며' 그렇게 시작하는 말을 할 때면 상미의 얼굴에는 숨길 수 없는 기쁨이 묻어났다. 상미가 전한 그 말들이 내게 어찌나 즐거이 또한 산뜻하게 들려오는지, 나는 상미의 이야기를 들을 때면 그때만큼은 내 마음 어디에서도 불안을, 두려움을, 외로움을 찾을 수 없었다. 나는 이제야 상미가 나를 정말 사랑으로만 오로지 사랑으로만 키웠다는 것을, 이제야 알게 되었다. '너를 키우며' 그 말이 우리의 영원할 것 같던 허무와 노여움의 불을 영원히 종식시켰다.

빈자의 삶

미움으로 부유해진 마음, 이기로 부유해진 마음, 허무와 슬픔으로 부유해진 마음 모두 버리고 빈자가 되어 서로 비난할 수 없는 삶, 용서받고 용서 구하는 것에 가난해서는 안 되는 삶, 받은 것 모두 주어야 하는 삶, 그 길 따라 빈자의 삶을 걷는다. 지나온 마음의 가난을 기억하며 그 길을 걷는다.

칼란도

나는 그날 그런 말을 했다.

"나는 부끄러운 딸이야. 나는 너무나 부끄러워."

그러자 연신 눈물을 닦던 엄마가 나에게 가까이 다가왔다.

엄마는 옆으로 돌아앉은 나를 동그랗게 안았다. 한동안 내 등에 얼굴을 묻고는 나를 동그랗게 안고 있었다. 엄마는 아무 말도 하지 않지만 나는 엄마의 모든 말을 들었다. 엄마의 미안함, 고마움, 서글픔이, 깊은 사랑과 고통들이 나의 온몸에 밀려들어 왔다. 파도가 밀려와 모래 속으로 따뜻이 스며들 듯, 물을 머금은 모래가 더 짙고 무거워지며 단단해지듯, 따뜻한 나무와 같이 온몸으로 나에게 말을 건넸다.

수많은 언덕과 산등을 넘고 벌판을 거칠게 달리거나 깊은 숲 어딘가를 헤매던 우리의 모든 대화가, 말처럼 뛰다가도 폭우와 같이 매섭게 몰아치던 침묵의 대화가, 대장간의 망치처럼 들이받던 그 수많은 대화가 드디어 끝났다. 대중없는 침묵과 요란하던 그 모든 시간이 마침내 끝났다. 엄마가 나의 섬에 찾아온 것이다.

엄마에게

뛰는 아이의 발소리에 실려 오는 웃음소리와 같은 나의 엄마. 나무를 밟고 용감하게 날아오르는 새의 날갯짓과 같은 나의 엄마. 황량한 땅 어딘가에서 들려오는 생명의 울음소리와 같은 나의 엄마. 바람에 흔들리는 찬란한 갈대밭 같은 나의 엄마. 황금해가 들 때 들려오는 반가운 이의 목소리 같은, 나의 엄마. 우리의 이야기가 되어 준 엄마, 나의 엄마.

사랑하는 나의 엄마, 상미.

목련나무 아래에서

　목련이 흐드러져 신부의 첫 발걸음처럼 찬란하게 늘어지던 날, 그 목련나무 아래 양손 가득 짐을 들고 저만치 멀어져 가는 상미의 뒷모습을 보며 나는 문득 어떤 것을 깨달았다. 상미는 이제껏 내게 무거운 짐 가방 한 번 건네준 적이 없었다. 짐을 달라고 하면 언제나 산에서 마주한 다람쥐처럼 달아날 뿐이었다. 짐을 억지로 뺏으면 화를 내며 도로 빼앗아 갔다. 상미는 평생 그 어떤 작은 짐도 내게 건넨 적이 없다. 홀로 뒤편에서 몰래 울지라도 일을 쉬지 않았고, 밤새 몸이 좋지 않아도 아침이 되면 나의 건강을 물었다. 내가 아무리 모진 말을 쏟아 내도 나의 모진 말을 모두 끌어안고 말없이 문을 닫고 나가서, 시간이 지나면 다시 나를 찾아와 얼굴을 쓰다듬는 사람 또한 상미였다. 나의 생의 짐뿐 아니라 나의 마음의 짐까지도 상미는 모두 자신의 것으로 하고 내게 넘겨준 적이 없다. 목련나무 아래 떠오르는 아침 해를 받으며 양손 가득 짐을 들고 새벽빛처럼 저만치 걸어가는 상미의 아주 작은 몸을 보며, 아, 나는 그동안 얼마나 잔인한 짓을 해 왔는가, 하고 그제야 괴로운 생각이 들었다. 뺏으려 해도 뺏을 수 없는 부모의 짐. 나는 그 나무 아래 멀어져 가는 상미를 쫓아 서둘러 걸으며, 나의 생이 더는 짐을 지우지 않는 생이 되게 해 달라고 조용히 기도했다.

2-2부

———

세 사람, 영주

135에서 602에게

'상미 보아라.

궁금하던 차 너의 편지 반가이 받아 보았다. 너희들이 주님 은혜 가운데 별고 없이 지내며 몸들도 건강하다니, 하나님께 감사 기도 드린다. 이곳도 할머니도 아버지도 큰언니도 둘째 언니도 셋째 언니도 별고 없이 잘 지내고 있다. 사위, 항상 하나님 앞에 어디에 있든지 기도 생활하면서 믿음 생활 잘 하여야 한다. 하나님께 감사드린다.

상미야, 네가 집에서 출퇴근한다니 엄마는 안심이다. 그리고 서예 학원에 다닌다니 잘 생각했다. 열심히 다니도록 하여라. 사람은 죽음에 갈 때까지 책하고 생활하며 공부하여도, 모든 것을 자신하여도, 그래도 알지 못하는 것이 너무 많은 것이 인생이야. 무엇이든지 배워야 한다. 어려움도 극복하며 이겨야 해. 그래야 삶의 길이야. 그래서 엄마는 배우는 길이라면 서슴지 않는다. 배움의 길이 바로 인간이 살아가는 길이야. 우리는 걱정 세상에 태어나 그 속에서 인내로써 지구력으로 참고 견디고 살아간다. 우리는 저 하늘나라 바라보며 소망을 가지고 살아가니, 어려움이 닥쳐도 감사요, 즐거운 일이 닥쳐도 감사요. 모두가 감사한 것밖에 없다.

참, 너의 김장은 어찌하니. 춥기 전에 조금이라도 해 넣어야지. 우리는 셋째 언니가 집에서 해 주었다. 그래서 김장 걱정은 안 해도 돼. 너 때문에 걱정이다. 빨리 하도록 해. 한약은 엄마가 시간 나는 대로 첩약을 짓도록 하니 몸이 거북한 곳을 편지에 자세히 적어 보내도록 하여라. 음식은 영양 있는 것으로 아끼지 말고 잘 먹도록 하고 연탄 냄새 조심하고 모두모두 조심하도록 하여라. 그리고 무엇이든지 배우도록 하고 열심히 배워야 한다. 그렇다고 하여 몸이 쇠약해지도록 하면 안 된다.

사는 동안 몸 건강이 첫째야. 기도 생활하여야 한다. 아버지 엄마는 꼭 새벽 기도 빠지지 않고 참석한다.'

서울서 엄마

영주

볕이 잘 드는 어느 작은 방에서 영주는 자주 나를 타박했다. 내 키가 자라지 않아서, 내가 종종 크고 씩씩한 목소리로 말하지 않아서, 내가 부지런히 밥을 먹지 않아서, 내가 "네, 할머니!" 하고 시원스레 대답하지 않아서, 내가 자신감 없이 걸어서 영주는 자주 나를 타박했다. 내 키가 영주의 허리까지밖에 되지 않았을 때에도 나는 그 타박들이 이해되지 않았고, 어느덧 영주의 어깨를 훌쩍 넘었을 때에도 나는 여전히 많은 부분을 이해할 수 없었다.

흐드러진 난초와 수석들, 어른 키만 한 어항 안의 붉고 화려한 물고기들, 아기 손가락만 한 작은 유리 강아지와 유리 사람들, 그 집을 걷던 흩날리는 실크 옷자락, 크고 시원한 웃음소리, 당당한 눈빛. 그것이 영주에 대한 나의 기억이다. 나는 유독 키가 작았다. 게다가 영주의 곁을 쫓을 때면 크게 주눅이 들어 더욱 작아졌다. 나는 언제나 그 작은 키로 영주의 당당한 발끝만 바라보며 부지런히 쫓아 걸을 뿐이었다.

영주는 항상 내게 키와 나이를 물었다. 나는 그 질문이 머리에 쥐가 나도록 싫었다. 언젠가 내 키가 자라서 영주의 머리를 넘었을 적에도 영주는 내게 키가 몇이냐고 물었다. 기억을 가끔 잃을 때에도 영주는 내게 그것만은 잊지 않고 물었다. 키가 몇인지, 그 질문이 왜 그토록 중요했을까. 나는 그 질문이 싫었다. 그래서 영주가 내 키를 물을 때마다 성난 염소처럼 말로 들이받았다.

나는 유년의 많은 날을 영주의 말을 쫓으려 애를 썼다. 그러나 애를 쓰고 또 기를 쓴다 한들 자라지 않던 키가 하룻밤 사이 자라는 것은 아니었다. 부지런히 밥을 먹어도, 해 아래 열심히 뜀박질을 하여도, 구석에 서서 속상해 울어도 키는 자라지 않았다. 그러다가 어느 날 나는 예상치 못하게 키가 자랐다. 나도 기억하지 못하는 사이, 나는 계속 자랐다. 그렇게 자란 내 키가 결국 영주를 조금 넘었을 무렵 나는 영주에게 별말 없이, 한국을 떠났다. 그때는 더는 영주의 말을 쫓지 않아도 된다는 것을 이미 알고 난 후였다.

나의 타국의 삶은 유약하고 조심스러운 마음에 많은 변화를 주었다. 나는 더는 별것 아닌 것에 울지 않았다. 더는 가장 큰 것을 좇지 않았다. 나는 가장 작은 것을 사랑하게 되었다. 더는 욕심을 내지도, 더는 누군가를 좇지도 않았다. 그러나 여전히 전화기 너머, 영주와 통화하겠느냐고 묻는 물음에는 내 마음 한편의 어린 내가 늘 저편으로 숨고 말았다. 하지만 용기 내어 받은 전화 너머 영주는, 내게 왜 시원스레 대답하지 않느냐고 묻지 않았다. 이제 더는 키가 몇이냐고 묻지 않았고, 내가 씩씩하게 밥을 먹는지도 묻지 않았다. 그저, 건강하게 지내느냐고 물었다. 무엇이든 조심하며, 즐거이 살라고 말했다. 나는 영주의 그 말에 조용히 문밖을 나가서, 붉어진 눈시울로 까만 밤하늘을 올려다보았다.

영주는 여느 할머니와 달랐다. 나도 나중에 깨닫게 되었지만, 영주의 말을 그대로 받아 적으면 그것은 문학이 되었다. 그 말을 가만히 들어 보면 그것은 옛말이 아닌 먼 미래의 말 같았다. 오직 영주만 할 수 있는 말과 표현들이 있었다. 그 안에는 정제되지 않은 아름다움이 있었다.

영주의 손끝은 매서울 정도로 야무졌다. 영주의 집에 가면, 오후에 정성스레 널어놓은 빨래들이 잔잔한 바람결에 황금빛 물결처럼 흔들렸다. 어릴 적 나는 영주의 손끝이 닿는 곳은 황금빛 물결이 인다고 생각했다. 더군다나 영주는 남과 다른 특별한 안목이 있었다. 나는 영주 곁에 있으면 일반적으로 쉽게 느낄 수 없는 감각의 풍요를 느낄 수 있었다. 감각적으로 특별한 사람이었다. 영주는 무어라 설명할 수 없는 사람이었다. 물안개와 같았다. 그 존재가 강렬하게 느껴지지만 도무지 잡히지 않는 사람이었다. 매섭지만 엉뚱하고, 고집스럽지만 유쾌했다. 강렬한 사람이었다. 영주는 홀로 먼 미래를 사는 사람 같았다. 어쩌면 어린 나는 그런 영주를 따라가고 싶었던 것일지도 모른다.

내가 한국에 돌아왔을 때, 사람들은 내 모습에서 영주가 보인다고 했다. 영주와 꼭 닮은 눈, 쾌활하고 큰 웃음소리, 때론 웃음밖에 안 나오는 어떤 고약함마저 영주를 닮았다고 했다. 아주 작은 것 하나까지도 도무지 넘어갈 줄 모르는 지독히도 고집스러운 어떤 마음, 엉뚱한 생각들, 그 말끝과 생각지 못한 단어들에서 사람들은 내 안의 영주를 발견했다. 나조차도 그것을 느꼈다. 나는 꼭 또 다른 영주처럼, 가르쳐 줘도 배우지 못할 영주의 많은 것들을 닮아 있었다.

백 세가 가까운 영주가 가끔 나를 잊을 때면, 종종 내게 누구냐고 물어보면서 다시금 내게 키를 물었다. 그러면 나는 그만 웃고 말았다. 그 고집스러운 마음마저 내가 너무도 닮아 있음을 이제는 도무지 부인할 수 없기 때문이었다. 그토록 외면하고 무심하였다고 생각했는데 우리는 모든 것이 닮아 있었다. 영주와 나, 우리는 미워할 수도 도망칠 수도 없는, 가족이었다. 이제 와서 나는 백 세가 다 되어 가는 영주에게 영주의 이야기를 써도 되겠느냐고 물었다. 그러자 영주는 내 등을 쓸며, 마음껏 쓰거라, 하고는 호탕하게 웃었다.

층의 풍경

하루는 아파트 꼭대기 층을 올라가 보았다. 마지막 계단을 올라서자 전혀 다른, 층의 풍경이 눈앞에 펼쳐졌다. 경이로웠다. 한층 한 층 내려오며, 나는 난간에 기대어 서서 모든 층의 풍경을 살펴보았다. 층마다, 동마다, 복도 이 끝과 저 끝마다 모두 다른, 처음 보는 풍경이었다. 나는 그 모든 것으로부터, 보지 않으면 느낄 수 없는 어떤 경이로움을 느꼈다. 내가 알던 모든 것이 일순간 부서지고 새로 태어난 듯한 풍경이었다. 나는 몇 번이고 복도를 걷고 계단을 오르고 내리며, 그 오랜 시간 내가 얼마나 낯익은 풍경 속에서만 살아왔는가 그것을 생각하였다. 그러자 낯익은 풍경, 그로부터 얻은 그동안의 안위가 문득 미련하고 놀랍게 느껴졌다.

나는 매일 낯익은 풍경 속에서 살고 있었다. 한 층만 올라가도, 한 층만 내려가도, 처음 보는 풍경들, 낯설고 완전히 새로운 풍경들을 곁에 두고 있었음에도 나는 언제나 같은 풍경 속에서 살고 있었다. 그 모든 것이 본래 거기 있었는데도 나는 그것을 알지 못했다. 그 오랜 시간, 계단을 옆에 두고도 한 계단을 오르지 않았던 것이다.

노인의 눈

기억을 잃어 가는 노인의 눈을 본다.

노인은 자신의 과거로 간다. 늙어 가는 몸 저편, 어린 자신의 기억으로 간다. 낡은 몸에서 어린 자신의 기억으로 산다.

생기 있는 어린 자신의 눈으로 본 세상은 얼마나 이해가 안 되고 엉뚱하며 신기하고 환상적인 것인지, 기억을 잃어 가는 노인의 눈에서 과거로 헤매고 있는 노인의 모습을 본다. 오래도록 살고 배운 거칠고 아픈 생의 기억과 경험을 모두 잊고 다시 연약하고 여린 새로움으로 살아간다. 어린 정신이 늙은 몸 안에 살아간다. 어린 아기의 몸짓처럼 노인이 걷는다. 중년의 자식에게 어머니가 아버지가 어디 계세요, 하고 묻는다. 생기 있는 어린 과거의 노인이 노인의 눈 저 깊은 곳에서 손짓을 한다.

기억을 잃어 가는 노인의 눈. 늙고 낡은 몸 안에서, 노인의 세월이 간다.

Dream Happy Dreams
가장 행복한 곳으로

나는 어느 앨범에서 환상적인 사진 한 장을 발견했다. 그 사진에서 영주는 오드리 헵번처럼 우아한 하얀색 랩 원피스를 입고 고동색 구두를 신은 채 핸드백을 들고 어딘가로 당차게 걷고 있었다. 그 사진 위에는 디즈니랜드라고 적혀 있었다.

그 앨범에는 놀라운 사진이 많았다. 한 사진에서는 빨간색 스웨터에 짙은 바다색 재킷과 연회색 정장 바지를 입고, 앞코가 뾰족한 구두를 신고 있는 영주와 그 옆에 바바리코트와 고동색 정장을 입고 사선으로 선 영주의 남편이 소녀와 소년처럼 천진하게 웃고 있었다. 사진 밑에는 영국 템스강이라고 적혀 있었다.

또 다른 사진에서 두 사람은 새하얀 칼라에 남색 스웨터와 상아색 스웨터를 맞춰 입고 미국 어느 공원 잔디밭에 곱게 앉아 있었다. 그 모습은 마치 21세기 같았다. 그러나 주위의 풍경은 80

년대 말 미국의 풍경 그대로였다.

그 사진들 외에도 많은 앨범에서 두 사람은 그런 클래식한 차림으로 함께 서 있었다. 나이아가라 폭포 앞에서도, 에펠 탑과 베르사유 궁전 앞에서도, 칼빈 동상 앞에서도, 탄식의 다리 앞에서도, 트레비 분수와 피사의 사탑 앞에서도, 텔아비브의 석양 앞에서도 언제나 투피스와 양복 차림으로, 혹은 스웨터와 정장 바지 차림으로 함께 서 있었다. 사진 밑에 찍힌 날짜와 적어 놓은 장소의 이름은 내게 한없이 낯설었다. 그만큼 모두 놀라운 사진들이었다. 두 사람은 어디까지 갔던 것일까. 그곳이 어디든 두 사람의 옷차림은 굉장히 높은 격조를 갖추고 있었다. 두 사람의 족적과 차림은 그저 놀라울 뿐이었다. 정말 놀라울 정도로 클래식한 사람들이었다.

그러나 그 많은 사진 중 눈에 띄던 사진이 한 장 있었다. 그 사진에서 영주는 깃을 단단히 세운 물방울무늬 블라우스에 독특한 무늬의 짙은 갈색 치마를 입고 뾰족구두를 신고 서 있었다. 그리고 그 옆에는, 커다란 안경을 쓴 상미가 있었다. 상미는 하늘색 면 티셔츠와 상아색 면 치마를 입고 하늘색 샌들을 신고 있었다. 주머니에 손을 넣다가 사진에 찍힌 듯한 어정쩡한 포즈로 영주 곁에 서 있었다. 당당한 표정의 영주 옆에서 상미는 커다란 안경에 코가 살짝 눌린 채로 어색하게 웃고 있었다.

상미는 그 사진을 보며 내게 말했다.

"나는 영 멋을 못 부리는 모양이야."

지금 영주는 힘주어 세울 칼라가 없는 실내용 원피스를 입고 침대 위에 맥없이 앉아 있다. 늘 몇 번을 매만져야 세워 올릴 수 있던 영주의 까맣고 숱 많은 짧은 머리는 이제는 다 빠지고 하얗게 희어 한 손으로 쓸어 넘기면 단번에 맥없이 정돈되었다. 영주는 손을 휘휘 저어 상미를 찾는다. 그토록 까맣고 선명하며 강렬하던 눈동자는 이제는 가까이 마주하고 큰 소리로 불러야 나를 바라보았다.

영주가 상미를 불러서 물었다.

"그 옷 어디서 샀니. 나도 예쁜 옷 입고 싶다."

상미가 입고 있는 옷은 그저 평범한 줄무늬 면 티셔츠였다. 칼라가 넓은 블라우스도, 멋진 무늬의 스커트도 아니었다. 그러나 영주는 마른 손을 들어서 몇 번이고 상미의 옷을 어루만지며 물었다. "옷이 참 예쁘네. 나도 입고 싶다."

상미는 마르고 거친 손으로 영주의 하얀 머리를 아기처럼 쓸어 넘기며 눈을 꼭 마주치고 말했다.

"이 옷이 예뻐요? 사다 드릴게요."

그러자 영주는 야윈 손으로 머리를 쓸어 넘기며 꼭 사다 달라고 몇 번이나 부탁을 했다.

나는 다시 앨범을 한 장씩 넘기다가, 마침내 디즈니랜드 성 앞에 선 영주와 남편의 사진을 발견했다. 그 사진에는 짙은 남색 브이넥 스웨터와 정장 바지를 입고 고동색 구두를 신은 영주의 남편과 그 옆에, 하늘색 꽃이 흩날리는 블라우스와 남색 치마를 입고 구두를 신은 영주가 서 있었다. 두 사람의 가슴 쪽에는 귀여운 스티커가 붙어 있었다. 그들 뒤에는 가장 행복한 곳, 디즈니랜드 성이 그림처럼 그 자리에 있었다. 참으로 이상한 사진이었다. 뒤에 있는 사람들은 허리가 높이 올라온 청바지나 반바지에 알록달록한 티셔츠를 입고 캐주얼하게 걷거나 설레는 얼굴로 뛰고 있었다. 그런 캐주얼한 풍경 한가운데서 클래식한 차림의 두 사람은 기품 있게 웃고 있었다.

그러나 내가 그 사진에서 정말 이상하다고 생각했던 것은 그 차림 때문이 아니었다. 그들의 얼굴 때문이었다. 기품 있는 그 얼굴 어딘가에서 어쩐지 견딜 수 없는 쓸쓸한 기색이 느껴졌다. 가장 행복한 곳에서 가장 슬픈, 행복의 얼굴이었다.

앨범 앞 장의 템스강 사진은 분명 달랐다. 두 사람은 템스강 앞에서 어느 소녀와 소년처럼 천진하게 웃고 있었다. 적막은 찾아볼 수 없는 얼굴이었다. 모든 사진을 다시 살펴보니 그토록 웃고 있는 사진은 오직 그 사진 한 장뿐이었다. 다른 모든 사진 속 두 사람의 얼굴에 드리운 엷은 미소는 적막하다 못해 스산한 얼굴이었다. 그 얼굴은 분명 어떤 깊은 상실이 머무는 얼굴이었다. 어느 행복도 감히 다가설 수 없는 가엾은 얼굴이었다. 거대한 슬픔이 휩쓴 얼굴이었다. 만약 '그 일'이 없었다면 이 모든 사진들 속 얼굴은 어떤 얼굴로 남았을까.

나는 두 사람이 '그 일'로 인해 결국 세상을 떠돌기 시작했다는 말을 들었다. '그 일'을 마음에 묻고, 갈 수 있는 모든 먼 곳으로 떠났다고 했다. 공허한 마음 중에도 서로에게 기대어, 깊은 허무에 맞서 두 손을 꽉 잡은 채 함께 떠났다고 했다. 그 슬픔을 생각하자 나는 두 사람이 한없이 가여워 템스강에서의 사진을 품에 깊이 안았다.

고개를 들어 영주를 본다. 침대에 맥없이 누운 영주가 지금 나를 보고 있을까. 영주는 이제 현관으로 걸어 나갈 수조차 없다. 영주의 공허한 눈을 무심하게도 오래 바라보고 있으니 영주의 눈

저 깊은 곳에서, 영주가 불현듯 자리에서 일어나 하얀 랩 원피스를 꺼내 입고 고동색 구두를 신으며 나갈 채비를 하는 것 같다. 영주는 어디로 갈까. 영주가 걸어간다. 저 먼 곳, 모두가 있는 곳으로. 꿈속의 영주가 저 멀리 걸어간다. 가장 행복한 곳으로. 나는 저 멀리 걸어가는 영주에게 손을 흔든다.

어른

존경하는 어른이 볕 아래 앉아서 이마를 문지르며 내게 말했다.

"어른이 무엇이냐. 나도 알 수가 없구나."

"선생님은 어른이신데, 저는 어른이 아니에요."

"아니다, 얘. 너도 어른이잖니. 이상하다. 너도 나도 어른인데 나는 아직도 아이와 같으니. 어른이란 무엇일까. 어른이 되지 못했다고 슬퍼하는 것을 보니."

그는 나를 한 번 쳐다보더니 코를 찡긋거리고는 먼 곳을 바라보았다.

노인의 얼굴

나는 노인의 얼굴을 좋아한다.

석암 같은 얼굴 위, 세월이 강줄기같이 흐르고 수천수만 번의 낙심 위에 마침내 살아남은 단 한 점의 어느 도자기와 같은 눈이 나를 바라본다. 그 얼굴을 작은 뷰파인더로 오래 들여다보고 있으면 저 안개 너머 가리어졌던 인류의 역사가 보인다. 거칠던 생이 산맥처럼 굽이치는 얼굴 위, 혜안의 시선이 드리운다.

야트막한 언덕 위에 노인과 나만 선 것처럼, 노인의 얼굴이 내게 말을 건넨다.

참척
慘慽

　"얘기하면, 이렇게 느껴진다고." 영주는 지금 병아리 이야기를 하는 중이다. 마치 병아리가 눈앞에 보이듯 정말 병아리를 쥔 것처럼, 두 손을 조심스레 포개고 실감 나게 이야기를 하고 있다. 맹추위에 한강이 전부 두껍게 얼던 시절, 젊은 영주는 병아리가 쏟아질 듯 가득 담긴 바구니를 머리에 이고 두 다리로 걸어서 한강을 건넜다. "참 분주스럽게도 살았다." 영주가 이번엔 떡을 머리에 이고 가는 모양이다. 무언가를 정말 머리에 인 듯이 굽은 두 팔을 머리 곁에 올리고 '떡 사세요. 떡 사세요.' 하고 흉내를 낸다. 편물을 짤 때면 뽀글뽀글 김이 오르는 주전자 곁에 앉아서 밤새도록 실끝을 잡아당겨 실을 풀었다며, 마치 눈앞에 어린 딸들이 옹기종기 모여 있는 듯 맨바닥에 시선을 고정하고 말을 이었다. 또다시 지금 영주는, 남자들에게 지지 않던 이야기를 하는 중이다. 허공에 주먹을 휘두르며 돌연 앙칼진 눈빛을 하고 그때 이야기를 설명하고 있다. 그러나 급한 마음과 달리 그 이야기들은 혀가 뒤엉킨 소리가 되어 간혹 영주의 입 안을 맴돈다. 그런데도 어찌나 말재주가 뛰어난지 휠체어에 모여든 사람들 모두가 박수를 치고 웃었다. 파안을 하는 사람들 속에서 영주는 "난 참 기가 맥히게 살았다. 서러움으로 살았다고."라고 조용히 혼잣말을 하며 고개를 떨궜다.

이 작은 소란은 내가 영주에게 이것저것 묻는 것으로부터 시작되었다. 모처럼 생기가 느껴지는 영주의 말소리 때문에 사람들이 휠체어 곁으로 모여들었다. 영주는 휠체어에 실린 몸을 오도 가도 못한 채 곁에 모여든 사람들에게 한껏 이야기를 하다가, 이야기가 시드니 이내 제각기 흩어진 사람들이 남기고 간 공허 속에 홀로 앉아 있다. 어느새 나와 영주만 거실에 남았다. 공허 아래 고개를 떨군 영주에게서 솟아 나온 견딜 수 없는 적막이 결국 내 등마저 떠밀었다.

나는 영주를 홀로 두고 거실을 떠나, 아무도 없는 고요한 영주의 방에 들어섰다. 사방을 둘러싼 자개장에는 높은 산봉우리 위로 바다처럼 자욱이 깔린 운무가 장관을 이루고, 사방에는 수십 마리의 학들이 날고 있었다. 소나무와 바위산에 걸터앉은 학 무리 아래 펼쳐진 자개 꽃밭 사이로 나비들이 날고 있었다. 영주는 이 방에서 어떤 꿈을 꾸는 걸까. 수십 마리의 학 무리가 한곳으로 날아간다. 그 무리를 쫓아 시선을 옮기니 그 끝에, 나이가 멈춘 한 사내가 나를 쳐다보고 있었다.

암적색의 나무 액자 안에 갇힌 한 사내. 어른이 되지 못한 앳된 사내의 얼굴. 강직이 서린 긴 눈매, 새까맣고 단정한 짧은 머리, 어딘가 긴장이 서린 듯한 굳게 다문 입술. 그 입이 나를 보고 웃는 듯도 하고, 염려하는 것 같기도 하였다. 사내는 말하지 못할 많은 것을 담고 있는 듯한 눈으로 나를 쳐다보고 있었다. 사내의 부모 중 한 사람은 이제 이 세상에 없고 한 사람은 구십이 되었는데, 사내는 여전히 이십 대의 얼굴로 암적색의 나무 액자 안에 갇혀 있었다. 사십여 년 전 마지막 그 모습 그대로 이 방에 있었다.

사십여 년 전 그날, 수화기 너머 서둘러 오라는 다급한 목소리가 들려올 때 영주는 이것이 범상치 않은 일이란 것을 알았다. 전화를 끊고 급히 달려가니 아들은 아무리 불러도 대답 없는 얼굴로 누워 있었다. 아들의 나이는 기껏해야 스물셋이었다.

그날 영주의 마음을 누가 감히 말할 수 있을까. 하늘이 찢어지고 혼이 갈기갈기 찢기던 그날 이후, 영주와 남편은 결코 어떤 것에도 머무를 수 없는 텅 빈 마음을 안고 긴 방황을 시작하였다. 그러나 영원히 끝나지 않을 긴 방황의 시간 동안 두 사람은 아들에 대해 침묵하였다. 혼이 사방으로 찢기는 그 무거운 아픔을 삼키고 또 삼키며 그저 평생을 무상하게 살았다. 의연하지만 허망하게 살았다. 그것은 누구도 함께 통탄할 수 없는 슬픔이었다. 그것은 해마다 아들의 묘비 앞에 서 있어도 감히 어떤 말조차 이을 수 없는, 잔인한 슬픔이었다. 허망한 마음을 끌어안고 아무리 멀리 가 보아도, 이 세상의 모든 아름다운 것을 아무리 보아도 결국 그 자리에 남은 것은 도저히 어디에도 머물 수 없는 마음, 그것뿐이었다. 그것은, 아무도 물어봐서는 안 될 이야기였다. 그 사내는 그렇게 긴 함구 속에서 모두의 마음에 깊이 묻히게 되었다.

저 작은 나무 액자 안에 갇힌 그 사내가 나를 본다.

나는 사내의 얼굴을 들여다본다. 사내의 눈시울에 뜨거운 눈물이 안타까이 차오르는 것만 같다. 늙지 못한 사내. 끝내 어른이 되지 못한 사내. 액자 안에 갇힌 이 사내와 걷잡을 수 없이 늙어가는 노모는 긴긴밤 마주 앉아 어떤 이야기를 하며, 어떤 밤을 보냈을까. 사내의 얼굴은, 그 얼굴 앞에 서면 온 마음이 들키는 것 같은 얼굴이었다. 사내의 눈빛은 마치 살아 있는 사람의 눈빛과 같았다. 그 눈은 누구를 닮았을까. 그 눈이, 내가 어느 곳에서 바라보아도 내 마음을 꿰뚫어 보는 것만 같아서 나는 더는 그 눈을 마주할 수 없었다.

액자 속 사내가 이내 내 등을 떠밀었다. 영주에게 가라고 하였다. 거실에 나가니, 휠체어에 앉은 영주가 거실에서 꾸벅꾸벅 졸고 있었다. 영주 곁에 앉으니 인기척을 느낀 영주가 느리게 눈을 뜨고 꿈결을 걷듯 두리번거린다. 곧이어 상미가 뒤따라 내 곁에 앉았다. 상미와 영주와 나, 세 사람이 모여 앉았다.

그때 영주가 별안간 내 손을 잡고 말했다. "사주가 세다." 그러더니 이번에는 상미의 손을 잡고 말했다. "사주가 곱다." 상미와 나는 서로 눈짓을 했다. 우리는 영주가 그저 또 꿈같은 이야기를 한다고 생각했다. 그런데 불현듯 영주가 너무나 총기 어린 눈으로 내 눈을 똑바로 마주 보며 말했다. "어렵다고 실망하지 말어. 괜찮다, 괜찮아."

나는 그 말에 너무도 놀라서 두 눈을 크게 뜨고 영주를 바라보았다. 그러고는 이내 고개를 떨궜다. 영주의 그 눈이 너무도 그 사내와 닮았기 때문이었다. 그 눈에게, 누구도 보지 못하게 숨겨 놓았던, 말 못 할 내 마음을 모두 들킨 것만 같았기 때문이었다.

그러나 영주는 내 손을 꽉 잡고는 이내 그 눈을 다시 감고 꾸벅꾸벅 졸았다. 영주가 깊은 꿈을 꾼다.

다락

　오래도록 내 꿈에 나오던 한 집이 있었다.

　유년 시절부터 성인이 된 후에도, 그 집은 오랜 세월 자주 내 꿈에 나왔다. 작은 이층 주택이었다. 꿈에서 돌계단을 올라 현관문을 열고 그 집에 들어가면, 짙은 고동색 나무 바닥이 깔린 넓은 거실과 긴 복도가 나왔다. 거실에는 어른 키만 한 큰 어항이 있었고 그 어항 안에는 빨간 금붕어가 어항 위아래를 오고 갔다. 철제 선반 위에는 여러 모양의 돌들이 놓여 있었고, 나무 장식장 안에는 아기 손가락만 한 작은 유리 사람, 유리 강아지들이 있었다. 꿈에서 나는 그것이 너무나 신기하여 그 집에 갈 때마다 오래도록 그것을 들여다보았다. 장식장 안에는 멜빵바지를 입은 목자도 있었고, 얼룩무늬 강아지도 있었다.

그 집은 긴 복도를 따라서 많은 방이 있었다. 복도 좌우에는 운동 기구가 있는 작은 방도 있었고, 노란 장판지가 깔린 넓은 안방도 있었다. 안방에는 키가 큰 거울이 붙은 자개 화장대와 자개장이 있었다. 노란 장판은 얼마나 윤이 나도록 부지런히 닦았는지 얼굴을 가까이 대면 노란 바닥에 얼굴이 훤히 다 비쳐 보였다. 기역 자로 된 복도를 따라 걸으면, 복도가 꺾어지는 곳에 넓은 주방이 있었다. 주방은 항상 해가 가득 들어왔다. 황금 해가 주방에 들면 그 빛이 타일 벽에 반사되어 온 주방을 가득 채웠다. 주방더 깊은 곳에는 작은 다용도실이 있었다. 그곳에는 작은 아이가 들어가 앉아 따끈히 목욕할 수 있는 빨간 고무 대야가 두어 개 있었다. 주방을 지나서 꺾어진 복도를 따라 계속 걸으면 책이 가득 있던 방도 있었고, 농과 옷장이 덩그러니 놓인 방도 있었다. 그 방들을 지나서 복도를 따라 계속 걸으면 다락으로 갈 수 있는 방이 나왔다.

다락으로 갈 수 있는 방에는 책이 많았다. 그 방 가장 안쪽 벽에는 찻장처럼 붙어 있는 작은 나무 문이 하나 있었다. 그 문을 열면 더 위로 올라갈 수 있는 나무 사다리가 있었다. 그 나무 사다리를 타고 올라가면 다락방이 나왔다. 천장이 경사진 작은 다락방에는 회색 카펫이 깔려 있었고 많은 상자가 쌓여 있었다. 다락방은 어두워서 천장에 달린 작은 등을 켜야만 환해졌다. 그곳에는 또 다른 곳으로 향하는 큰 문이 하나 더 있었다. 그 큰 문을 열면 강한 빛이 어두운 다락방 안으로 쏟아져 들어오며 옥상이 나왔다.

무슨 이유 때문인지 유년 시절부터, 그리고 성인이 된 후에도 그 집은 계속 내 꿈에 나왔다.

나는 꿈에 그 집이 나오면 언제나 긴 복도를 따라서 이 방 저 방을 둘러보며 집 안을 걸어 다녔다. 꿈속의 그 집에서 누군가를 만났던 기억은 없다. 하지만 그 집은 언제나 해가 가득 들었고, 내가 아무리 나이 들어 찾아가도 언제나 나를 반겨 주는 것 같은 느낌을 받았다. 그렇게 넓은 빈집을 아무리 걸어도 나는 어떤 두려움도 느낄 수 없었다.

어느 날도 나는 어김없이 그 집 돌계단을 올랐다. 그런데 문득 무언가 견딜 수 없는 허망함이 꿈결 속에서도 내 안에 강하게 파고들었다. 그날도 나는 복도를 따라서 걸었다. 그러나 그날 그 집은 마치 집주인이 이사를 가는 듯, 정리되지 않은 짐들이 여기저기 흩어져 있었다. 나는 불현듯 스치는 허망한 생각에 안방으로 뛰어 들어갔다. 그곳에는 영주가 앉아 있었다. 나는 영주를 지나서 안방 안에 딸린 더 작은 방으로 뛰어 들어갔다. 그 방은 내가 가장 좋아하는 방이었다. 작은 침대가 하나 놓이면 꽉 차는, 미닫 이문이 달린 아주 작은 방이었다. 그 방은 영주의 남편, 나의 할 아버지가 종종 낮잠을 자고 일어나는 방이었다.

그 방문을 열었을 때, 그 방을 보며 느꼈던 그 꿈결의 감정이 아직도 떠오른다. 방은 주인이 급히 떠난 듯 너무도 쓸쓸했다. 나 는 꿈결에, 집주인이 어딘가로 황급히 떠났다는 것을 알았다. 꿈 에서 깼을 때 나는, 사방에서 밀려드는 황폐한 마음에 짓눌려 그 아침에 한참을 울었다. 그로부터 한 달 뒤, 오래도록 병상에 누워 있던 영주의 남편은 세상을 떠났다. 그는 무슨 까닭인지 내게만 미리, 당신의 죽음을 알렸던 것이다.

나는 아직도, 꿈속의 그 집을 생각만 하면 가슴이 미어지는 것 같다. 나는 태어나 그 집에서 많은 사랑을 받았다. 그 집에서 걸 음을 떼고, 그 집에서 조부모의 사랑을 받으며, 말을 하기 시작했 다. 그 집 빨간 고무 대야에서 몸을 씻고 강보에 싸여 상미와 영 주의 품에 안기었다. 좀 더 커서 나는 철제 선반 옆 검은 벨트 마 사지기에서 허리에 벨트를 걸고 이를 덜덜 부딪히며 운동도 하고 철제 선반 위 돌들을 구경하거나, 어항 속 금붕어와 장식장의 유리 사람을 보며 꿈을 꿨다.

상미의 기억 속 나는 다락이 있던 그 방에 가장 많이 머물렀다고 한다. 앵두가 그려진 빨간 옷을 입고, 책상에 앉은 할아버지 곁을 맴돌고 또 맴돌았다고 한다. 그러고는 다락에 올라 책을 읽고 소꿉놀이를 했다고 한다. 할아버지는 내 작은 손에 요구르트 하나, 버터과자 하나 꼭 쥐여 주면서도 그것이 모자랄까 봐 매번 냉장고에 요구르트를 한가득 넣어 두고 책상 곁에 버터과자를 챙겨 두었다. 많은 사진 속에서 할아버지는 어린 나를 품에 안고 산책을 다니거나 종종걸음을 걷는 내가 넘어질까 싶어 늘 내 뒤에서 걷고 있었다. 어린 나도 할아버지가 좋아서 언제나 할아버지 곁을 맴돌았다. 그는 나와 상미와 영주의 가장 깊은 사랑이었다.

나는 아직도 다락의 나무 계단을 밟을 때 내 발에 느껴지던 나무의 감촉을 기억한다. 그 계단을 오르면 하늘로 향하는 것 같았다. 어두운 다락방에는 옥상으로 향하는 큰 문으로부터 하얀빛이 새어 들어왔다. 나무 계단을 뛰어 올라 다락방에 들어가서 옥상으로 향하는 그 문을 활짝 열면, 세상의 모든 빛이 다 들어왔다. 그러면 나는 그 빛으로 뛰어 들어갔다.

그 집은 그 마지막 꿈 이후로 지금까지 단 한 번도 꿈에 나오지 않았다. 단 한 번만 더, 그 집 꿈을 꿀 수 있다면. 나는 이제 다시는 그 집으로 돌아갈 수 없다.

레슬링

영주는 레슬링을 자주 즐겨 봤는데 나는 그것이 참 이해가 안 되었다. 영주네 집에 가면 건장한 남자들이 링 위에서 거칠게 레슬링을 했고, 일그러진 얼굴 붉으락푸르락하는 얼굴에는 종종 피가 낭자하기도 했다. 영주는 딱히 누군가를 응원하지도 않았고 엎치락뒤치락하는 모습에 크게 놀라지도 않았다. 그러나 종종 "레슬링 틀어 보자."라고 말하거나 혹은 레슬링이 제일 좋아하는 프로라고 하거나, 레슬링을 항시 틀어 놓고는 했다. 영주는 레슬링을 좋아했다.

상미는 어릴 적, 아폴로 11호가 달로 가는 것을 보았다. 아폴로 11호는 울퉁불퉁한 달 그림 옆에 달 표면보다 더욱 극적으로 적힌 달 착륙 광고 문구와 함께 등장한 금성사 티브이 안에서 달로 날아갔다. 아버지가 금성사 티브이를 소달구지에 실어서 가져왔다고 했다. 달에 인류가 첫발자국을 남기던 날, 라디오로 아폴로 11호 소식을 들은 동네 사람들이 상미네 집에 모두 모여 방문을 활짝 열고도 자리가 모자랄 만큼 사방에 모여 앉았다. 어린 상미는 그 티브이로, 누군가 달에 선 것을 보았다.

티브이에는 그뿐 아니라 많은 사람들이 나와서 레슬링을 했다. 링 위의 사람들이 주먹을 날리고 온몸을 이리저리 날리면, 사람들은 여기저기서 와하고 함께 주먹을 휘두르며 환호성을 질렀다. 티브이 안에서 사람들이 레슬링 경기를 하는 날이면 상미네 집은 여기저기서 모여든 동네 사람들로 인산인해를 이루었다.

아마도 영주는 그때부터 레슬링을 즐겨 보았을 것이다. 어쩌면 영주에게는 레슬링을 틀 때마다 그때 그들의 소란과 환호성이 생생하게 들려왔을지도 모른다. 이제는 쓸쓸함과 고독만 남은 집에서 레슬링을 틀 때마다 그 소리가 저 멀리서부터 들려왔을지도 모른다. 영주는 그때부터 지금까지 온 세월을 레슬링을 보았다.

적막한 집 안에서 텔레비전 안의 건장한 남자들이 엎치락뒤치락할 때마다 링 밖의 사람들이 환호성을 지른다. 고요한 집에서 아흔이 된 영주가 공허한 눈으로 레슬링을 본다.

집

영주는 언제부터인가 집에 가고 싶다고 했다. 영주는 엄마가 보고 싶었다. 그 집에 가면 엄마가 있을 것 같아서 그 집에 가고 싶다고 했다. 이제 구십이 된 영주는 엄마가 너무 보고 싶었다. 영주가 집에 가고 싶다고 하면 다들 눈짓을 했다. 그것을 모르는 내가 "집이요?" 하고 묻자, 모두들 내게 쉿, 하고는 뒤돌아 슬피 울었다.

"아무도 찾아오는 사람이 없어. 이름도 잊어버리겠어. 큰일 났네. 이름도 잊어버리겠어."

그날은 가족들이 모두 찾아온 날이었다. 적막강산이던 집에 사람의 말소리가 가득 찼는데도 영주는 홀로 휠체어에 앉아서 한동안 혼잣말을 했다. 아무도 안 들리게 아주 작은 목소리로 혼잣말을 했다. 수많은 말소리를 뒤로하고 창밖을 내다보며 결연한 얼굴로 가족들의 이름을 되뇌는 영주의 입은 너무나도 외로워 보였다. 나는 홀로 많은 말을 뱉는 영주의 입을 보며, 이 순간을 결코 잊지 않으려 애를 썼다.

주말 저녁

일요일 저녁, 영주가 가만히 벽을 보고 앉아 있었다.

셋째는 앉아서 과일을 깎고 있었다.

텔레비전은 홀로 요란히 방송 중이었고 해는 막 넘어가는 참이었다.

영주와 셋째, 둘만의 고요한 주말 저녁이 지나가고 있었다.

어둑해질 무렵, 고요한 틈에 영주는 갑자기 세차고 거칠게 연거푸 숨을 몰아쉬더니 숨을 멈췄다.

"엄마!" 하며 작은 방에 비명이 울려 퍼졌다.

셋째는 한 손으로는 영주의 팔을 주무르고 한 손으로는 급하게 휴대폰을 찾았다. 가까이 사는 자매들에게 전화를 거는 셋째의 목소리는 떨리고 있었다.

상미는 요동치는 심장을 끌어안고 한 손으로는 휴대폰을 붙들고, 한 손으로는 옷을 갈아입으며 말없이 이리저리 뛰어다니기 시작했다. 상미는 방금 영주네 집에 들렀다가 돌아온 참이었다.

상미는 전화를 끊고는 말없이 울며 여기저기를 뛰며, 급박하게 나갈 채비를 했다. 곧이어 전화가 다시 왔다. 영주의 숨이 돌아온 모양이었다. 놀라시니 오지 말라는 전화였다.

더 먼저 뛰어온 영주의 딸들이 영주네 집 작은 방에 급한 대로 모여 엄마를 외쳤던 모양이다. 이제는 할머니가 된 영주의 딸들. 세차게 요동치는 심장을 끌어안고 아이처럼 애타게 영주를 불렀던 모양이다.

숨이 돌아온 영주는 후, 하고 숨을 크게 들이쉬더니 딸들의 얼굴을 보고는 말간 얼굴이 되어 천진하게 물었다. "왜 이렇게 소란들이야. 왜 그래?"

서울 풍경
병원

　북적이는 병원, 표정 없는 무인 수납기 앞에 백발의 두 노인이 서 있다. 한 노인이 다른 노인에게 저쪽 의자에 가서 앉으라고 손짓을 한다. 무인 수납기에서 종이를 뽑아 든 노인이 앉아 있는 노인 곁으로 다가와 앉는다. 노인은 곁에 앉은 노인에게 종이를 보여 주며, 노인의 귀에 얼굴을 바싹 붙이고 설명을 한다. "아버지, 다음 달에도 병원에 오셔야 한대요."

　병원 의자에 한참을 앉아 있던 두 노인이 곧 자리에서 일어나, 쏟아져 오는 사람의 물결을 헤치며 천천히 걸어간다. 한 손은 지팡이를 잡고 한 손은 아들의 팔을 굳게 잡은 백발의 노인과 그 곁을 묵묵히 걷는 늙은 아들의 얼굴이 멀어져 간다.

생

생이 너무도 짧다.

어느 날, 창가에 모르게 밀려드는 바람처럼 생에 대한 그 깨달음이 마음에 밀려들어 오면 불같이 일어나던 미움도, 분도, 한없이 가라앉던 짙은 슬픔도, 집어삼킬 듯 짓누르던 거대한 불안도 모두 한 번 불어서 사라질 가벼운 재처럼 사라진다.

한 인간의 생이 타들어 가는 초처럼 너무도 짧다.

심지 끝의 불꽃처럼, 사그라진다.

우리의, 영주

어느 순간부터 영주는 종종 기억이 뒤섞여 버렸다.

아흔이 된 영주는 새벽 한 시가 되면 눈을 뜨고 울며 "이번 한 번만 도와줘. 한 번만 도와주세요." 하고 소리를 쳤다. 그러고는 새벽녘 열린 문틈을 보고 일어나 지척거리며 걸어 나가서 어두운 거실 식탁에 우두커니 앉아 있었다. 그 모습을 뒤쫓아서 문 뒤에 숨어 영주를 바라보던 셋째 딸에게, 영주는 다가와 말을 걸었다.

"학생. 나 집에 가야 되는데 대문이 어디야?"

"여기예요."라고 말하며 딸이 방문을 가리키니, 영주는 문을 열고 들어가 자리에 누웠다.

셋째 딸은 간밤의 그 이야기를 동생인 상미에게 말하며 "얘, 엄마가 이렇게 해서 우리를 키웠다." 하고 울었다.

영주는 우리 모두의 영주였다. 그래서 나는 영주의 딸들과 모두를 위해 영주의 이야기를 쓰기로 한 것이다.

영주의 일기
사태월싹

영주는 8월 어느 날, 이런 일기를 썼다.

'사랑하는 딸 상미.

우리 상미 장하다. 모든 일에 잘 참고 견디면서 견딜 수 없는 일을 기도로 말씀으로 헤쳐 나가는 걸 볼 때, 이 엄마는 하나님께 감사한다. 가정을 잘 보살펴 가며 오늘날까지 남부끄럽지 않게 꾸려 나가니 하나님 앞에 감사드린다.

상미야, 괜찮다. 괜찮다.'

함

화장터에서 유골함을 안고 장례식장으로 돌아가는 길에 이 글을 썼다. 이 책을 퇴고하던 중, 영주가 세상을 떠났다.

예랑아, 할머니 꼭 안고 와라.

상복을 입고 모여 선 엄마와 이모들의 배웅에 가벼이 떠난 발걸음이었다. 그러나 이내 상상도 못할 슬픔으로 스러지듯 돌아올 것이라고는, 그때는 상상도 하지 못했다. 영주가 갑작스레 세상을 떠났다. 참으로 허망한 죽음이었다. 누구도 아무것도 할 수 없었다. 우리는 그런 죽음을 맞이했다.

나와 몇 사람이 온 가족을 대신하여 화장터에 가게 되었다. 나는 이제껏 몇 번의 화장터의 풍경을 보았다. 내가 기억하는 화장터의 풍경은 언제나, 여기저기 풀처럼 쓰러져 가는 사람들의 비명 소리와 곧이어 작은 유골함을 안고 선 사람 주위로 서로 기대어 화장터를 떠나가는 사람들의 모습이 가득한 처참하고 적막한 풍경이었다. 그러나 이번 화장터의 풍경은 이전과 달랐다.

아무도 없었다. 곁에 선 이의 작은 숨소리조차 크게 울릴 만큼 화장터는 적막했다. 영주의 차례는 가장 마지막이었다. 나는 저 멀리 서서 일렁이듯 실려 가는 영주를 지켜보았다. 우리는 곧 작은 함에 담겨 나올 영주의 차례를 기다렸다. 영주의 차례가 되자 영주의 이름을 부르는 방송이 적막 속 뱃고동 소리처럼 울렸다. 나는 그 고요하고 적막한 중에, 참으로 가벼운 빈 상자 하나를 레일에 실어서 안으로 들여보냈다.

유리창을 사이에 두고 영주와 내가 마주 섰다.
저것이 영주일까.
큰 종이 위에 놓인 뼈와 뼛조각들. 나의 얼굴 앞에 놓인 조각난 뼈들. 영주와 내가 마주 섰다.
영주는 이내 순식간에 고운 가루가 되어 작은 통 안에 담겼다. 나는 그런 영주의 모습을 너무나 가까이서 보았다. 그 적막 가운데 이토록 생생한 죽음은 내게 견딜 수 없는 충격이었다. 그 모든 것이 견딜 수 없는 충격으로 다가올 만큼 화장터 안은 거대한 고요, 고요뿐이었다.

화장을 진행하는 사람이 통에 든 영주의 뼛가루를 다시 쏟아 낼 때에 나는 살과 피와 사랑과 고생과 아픔과 회한, 환희와 인류의 역사 그 모든 것이 미세한 가루가 되어 날리는 것을 보았다. 곧이어 레일에 실려, 작은 함에 담긴 영주가 내게로 왔다. 한 손으로도 가벼이 들 수 있는 그 작은 상자 안에 영주가 담겨 나왔다. 나는 떨리는 손으로 내 작은 품 안에 영주를 안아 들었다. 상자는 뜨거웠다. 마치 영주가 여전히 살아 있는 듯 상자는 뜨거웠다.

영주가 담긴 상자를 품에 안고 장례식장으로 돌아오는 길, 나는 그 뜨거운 상자를 안고 한 시간 남짓을 달렸다.

그 차 안에서 나는 왜 어린 내가 이토록 모진 아픔을 감당해야 하는가 하고 무겁게 내려앉은 마음을 끌어안다가, 끝내 이것이 영주가 내게 주는 마지막 사랑이라 단정 지으며 스스로를 위로했다.

흔들리는 차 안에서 혹여 영주가 어떤 고통을 느낄까 싶은 생각이 들어서 상자를 꽉 껴안고 있을 만큼, 그 작은 함은 오래도록 산 사람의 온기와 같은 뜨거움을 내게 주었다. 가루가 된 사람을 안고 먼 길을 간다는 것, 그것이 영주가 내게 마지막으로 준 가르침이자 사랑이었다.

상복을 입고 할머니를 안고 선 내게 한 어른이 말을 건넸다.

"아무나 못 하는 거다. 아무나 할 수 있는 것이 아니야. 어릴 적은 할머니가 너를 안고 가더니, 이제는 네가 할머니를 품에 꼭 안고 가는구나. 아무나 할 수 있는 것이 아니다. 잘했다."

그때 나는 생에 마주할 분과 슬픔과 괴로움과 견디지 못할 것 같은 모든 수렁, 넘지 못할 것 같은 모든 언덕과 미움 앞에서 언제든, 그 뼈가 가루가 되던 그 순간을 기억하리라 다짐했다. 생은 그런 것이었다. 결국에는, 누구든 그렇게 되는 것이었다. 영주는 정말 흙으로 돌아간 것이다.

영주가 세상을 떠난 뒤, 나는 거의 십여 일을 죽은 사람처럼 지냈다. 무어라 형언할 수 없는 가장 긴 십여 일이었다.

터질 것 같은 중압과 불안, 회한에 짓눌려 지냈다. 내 생에 영주를 그리 사랑하지 않았다고 생각했는데, 영주가 세상을 떠나고 나니 나는 그렇게도 오랜 시간을 일어서지 못했다. 시간이 지날수록, 영주의 뼈가 산산이 부서지는 그 장면은 내게 더욱 또렷해질 뿐이었다. 나는 그것이 무엇이 그리도 슬프고 충격적이었을까.

그러나 시간이 좀 더 흘러, 어느 날 밤 나는 깨달았다.

나는 사람의 뼈가 아닌, 사람의 생이 부서지는 것을 보았기 때문이었다. 나를 돌보던, 나를 꾸짖던, 나를 핀잔하던, 나를 사랑하던, 나를 기억하던 영주의 온 생이 산산이 부서지는 것을 보았기 때문이었다. 그것은 비단 영주의 죽음만이 아닌 나의 생의 한 부분의 죽음이었다. 나의 생의 중요한 그 무언가가 그날 산산이 부서지는 것을, 나는 잔인하고도 또렷하게 마주한 것이다. 그것이 생이었다.

이제 상미 곁의 부모님은 아무도 없다. 그 생각을 하니 밤새 상미 생각에 마음이 아려 왔다. 그것이 생이었다.

영주는 내게 평생 키가 몇이냐고 물었다. 그것이 그렇게 중요했을까. 그러나 그보다도, 그토록 내게 미움을 주던 그 질문이 실은 사랑이었음을 나는 왜 이제야 알았을까.

영주는 밤이면 작은 곰 인형을 꼭 껴안고 잤다. 아들의 죽음 이후 견딜 수 없는, 도무지 채울 수 없는 외로움에 영주는 살아생전 많은 인형을 모았다. 어릴 적 나는 그 인형들을 끌어안고 많은 날을 영주 곁에서 보냈다. 그 긴 세월을 이겨 낸 큰 인생이, 그 긴

세월의 우리의 기억이 고작 이 작은 함에 담겨 있다는 것을 받아
들여야 하는 것이, 그것이 생이었다.

나는 영주를 사랑했을까.
그것은 이제 더는 중요한 것이 아니다.
영주가 너무나 그립다.

영주의 편지

내가 타국으로 떠나기 전, 영주는 내게 편지 한 통을 건넸다.

사랑하는 손녀 차예랑

오늘날까지 은혜와 축복으로

지켜 주시고 항상 네 곁에서

함께하시고 권고해 주신

주님께 감사와 찬송으로

영광을 돌리자

앞날도 같은 은총으로 더욱

힘 주시고 위로해 주시고 함께

하실 줄 믿고 기도하자

모든 매사에 조심하고 침착하고

아침저녁 주님께 기도 잊지 말고

건강에 조심하고 항상 건강하길

바란다

건강이다

할아버지 할머니가

2-3부

생명

지

知

용서 앞에 나는 더욱 작아지고, 작아진다.

이 선생님

겨울에 만난 그는 죽음을 향해 더욱 가까이 가고 있었다. 그의 목소리, 그의 좀 더 구부정한 몸, 좀 더 거칠어진 마른침 넘기는 소리. 그 모든 것이 그가 죽음을 향해 더욱 가까이 가고 있다고 말하고 있었다. 그러나 그의 말은 더욱 강했다. 미래에 대한 그의 의지는 거친 폭포처럼 더욱 강했다. 베레모 사이로 언뜻 보이는 그의 눈은 여전히 매서웠다.

그는 나에게 언제나 영감을 주었다. 사람들은 그를 시대의 현자라고 불렀다. 나 또한 그를 진심으로 존경하기에, 그런 나에게 지금 그의 걸음은 어쩐지 깊은 서러움을 느끼게 했다. 모든 인간은 매일 죽음을 향하여 나아간다 하지만 그의 육체의 병은 내게 여간 깊은 상실감을 주는 것이 아니었다.

그는 마른침을 넘기며 우리에게 존 던의 「누구를 위하여 종은 울리나」를 읽어 주었다.

'그러니 누구를 위하여 종이 울리는지를 알고자 사람을 보내지 말라. 종은 그대를 위해서 울리는 것이니.'[1]

나는 의자에 깊숙이 몸을 묻으며, 그 시를 홀로 다시 읊조렸다. 그 시에서 들려오는 그의 목소리를 회상했다. 결국 나 또한 마찬가지로, 멀리서 그의 뒤를 쫓아 매일 한 걸음씩 미래의 종착지를 향해 나아가고 있었다.

그의 생을 회상한다. 생명의 언어를 뿌리며 대지를 걷는 그가 보인다. 견고한 발걸음으로, 의연한 발걸음으로, 겸허한 손길로 묵묵히 대지를 걷는 그가 보인다. 하늘을 나는 새와 들에 핀 꽃과 풀과 함께, 길가의 돌들과 맑은 아이들과 함께 노래하며 걷는 그가 보인다. 죽음의 그 끝, 생명을 향하여 그가 걸어간다.

나는 저 무대 밖으로 걸어 나가는 그를 먼발치에서 바라보며, 의자에 깊숙이 몸을 묻었다.

---

1 존 던(John Donne)의 시, 「누구를 위하여 종은 울리나」. 이 선생님이 읽어 주신 번역본을 옮겨 적었다.

어느 겨울, 종이 울렸다. 그에게 미처 전하지 못한 이 글을 마음으로 보낸다.

슬픈 밤

오늘도 누군가의 생명이 사라졌다.

죽음은 영원한 단절이다. 죽음은 도처에 있다. 슬픈 밤이다.

8월 어느 밤

　까맣게 식은 중년의 아버지 곁에 선 어린 아들 앞에서 의사가 사망 선고를 했다. 언제나 모든 일에 그저 실없이 웃기만 하던 어린 아들의 얼굴은 그때만큼은 그 어떤 표정도 없었다. 그늘진 얼굴도, 곧 울 것 같은 얼굴도 아니었다. 그 얼굴은 끝없이 어딘가로 떨어지고 있는 얼굴이었다.

　사망 선고가 끝나고 의사가 돌아서자 어린 아들은 까맣게 식은 아버지의 딱딱한 손을 붙들고는 "아버지!" 하며 우레와 같이 소리쳤다. 아버지! 아버지! 숨소리조차 멈춘 병실에 우레와 같은 아들의 외침만이 파동처럼 일었다. 어린 아들의 오열에 주변에 선 모든 이들은 일제히 고개를 떨궜다. 어린 아들의 그 짧고도 거친 비명은 이내 멈추고 잠깐의 무서운 침묵을 지나서, 아들은 아버지 곁에 털썩 주저앉았다. 아들은 마지막 생을 다한 꽃처럼 고개를 툭 떨구고는 한참을 앉아 있었다. 그제야 주변에 선 이들은 모두 조용히 밖으로 나왔다.

창밖에서 본 아들과 아버지의 풍경은 참으로 삭막하고 가여웠다. 바싹 마른 까만 얼굴로 하얀 침대에 누운 중년의 아버지와 그 곁에 마른 꽃처럼 고개를 떨군 채 하얗게 질린 얼굴로 축 늘어진 어린 아들. 두 사람은 모두 말이 없었다. 잠깐의 그 풍경은 영원 같았다. 곧이어 아버지의 얼굴이 덮이고 아들은 한 번 더 우레와 같은 목소리로 "아버지!" 하고는 바닥에 무릎을 꿇었다. 누군가의 손에 붙들려 나오는 아들의 얼굴은 너무나 어렸다. 건장한 체구도, 저 복도 끝에서 어머니를 감싸 안은 넓은 어깨도, 굵은 목소리도 모두 갑작스러운 죽음으로 별안간 홀로 서게 되면 아무것도 아닌 것이었다. 아들은 너무 어렸다. 아들이 딱하고 민망하여 모두 숨을 죽이고 울 뿐이었다.

"아버지!" 그것은 원망도 그리움도 아니었다. 하나의 감정이 아니었다. 그것은 지나온 모든 날의 아버지를 향한 외침이었다. 모든 원망과 사랑과 그리움 너머, 아버지! 하고 그는 크게 불렀다. 그곳에 있던 모든 이들은 그것을 알았다. 그날 밤, 어린 아들의 울음은 아무도 잊지 못한다.

두 사람

나의 친구가 아주 어린 아기를 안고 사별자가 되었을 때, 나는 참으로 견딜 수 없는 아픔과 고통을 느꼈다. 한동안 가슴을 치고 울었던 것 같다. 참으로 잠깐의 생. 유독 사랑과 정직만으로 가득했던 두 사람이었기에 사별자가 된 그녀의 삶은 내게 모든 생이 야속하게 느껴질 정도로 고통스러운 것이었다.

그녀는 겨울 해와 같은 사람이었다. 찬란하게 밝고 강한 사람이었다. 오늘 갓 태어나 내일 죽는 사람처럼 모든 것에 온 힘을 다해 사는 사람이었다. 신은 다른 이에게서는 볼 수 없는 기품과 강함을 그녀에게만 허락해 준 것 같았다. 그녀의 강함은 우리 또래의 어떠한 것과는 분명 달랐다. 분명, 무언가 본질적인 확신과

빛을 지니고 있는 것 같았다. 오래전부터 나는 그녀의 열의와 용기를 참으로 부러워했고 언제나 그리워했다. 나는 많은 어려움이 올 때마다 그녀의 강한 영혼을 기억하며 많은 날 용기를 얻었다.

몇 년 전 그녀는 나에게 결혼 소식을 전했었다. 그녀와 꼭 닮은 사람과의 결혼이었다. 이토록 선하고 견고한 얼굴들이 있을까. 두 사람의 얼굴에는 이제껏 본 적 없는 기품과 강함이 있었다. 누구도 밟지 않은 땅, 혹은 태초의 나무와 같은 모습이었다. 참 아름다운 가정이었다. 나는 그들의 무소식을 기쁜 소식이라 여기며 한동안 그들을 잊고 살았다.

그러던 어느 날, 우연히 접한 그녀의 소식에서 나는 이내 알 수 없는 감정에 강하게 휩싸였다. 그녀는 사별자가 되어 있었다. 아이가 태어난 지 얼마 안 된 후였다. 사별자가 되기엔 너무 젊은 나이였다. 그러나 내가 이토록 알 수 없는 감정에 휩싸였던 까닭은 따로 있었다. 그녀가 남편과 사별 후 쓴 글 때문이었다. 그 글 속에서 그녀는, 강한 애달픔이 밀려올 만큼 굳건한 모습으로 이별을 마주하고 있었다.

그 글 아래에는 남편의 갑작스러운 투병부터 사별까지 그녀가 남편과 함께하고 지켜보며 써 내려간 많은 글들이 있었다. 견딜 수 없이 마음이 아픈 글들이었다. 그녀의 글들은 읽으면 읽을수록 나를 더욱 고개 숙이게 하고, 더욱 눈물을 쏟아 내게 했다. 그러나 그녀는 그 모든 순간에서 단 한 순간도 강건한 마음을 잃지 않았다. 강건 그 이상으로, 찬란하게 부서지는 잔물방울에 둘러싸인 오래된 바위와 같이 더욱 군건하게 모든 것을 마주하고 있었다. 하지만 아무리 그녀의 글이 강건하다고 하여도, 도저히 어떤 말로도 표현할 수 없는 그녀의 찢어지는 고통과 아픔은 끝내 숨길 수 없는 것이었다. 그것은 기어이, 문장 뒤에 숨어 울고 있는 그녀의 얼굴을 내게 보여 주었다. 그리고 결국, 내 마음까지 산산이 찢어 놓았다. 게다가 사무치는 고통을 끌어안고 더욱 견고하게 나아가는 그녀의 얼굴은, 그토록 감정에 무딘 나의 마음조차도 무너지게 했다.

너무나 찬란한 젊은 날, 하나님은 어째서 이토록 선한 이들에게 잠깐의 생과 긴 이별을 주시는 걸까. 나는 참으로 무지한 나를 탓하며 나의 욕심대로 아파하고 가슴을 쳤다. 생이란 것이 아무리 잠깐이라지만 그것이 전부인데, 어째서 이토록 선한 사람들이 이런 이별을 겪게 되었을까.

얼마 뒤 나는 고인이 된 그가 죽음을 앞두고 홀로 쓴 글들을 읽어 보게 되었다. 나는 그를 알지 못했다. 그러나 그의 글을 통해 그가 그동안 얼마나 오랜 시간 도무지 형언하지 못할 감정으로 지내 왔는지를 느낄 수 있었다. 도무지 넘지 못할 것 같은 거대한 죽음의 어둠 앞에서 갓 태어난 생명을 곁에 두고 처절하고 절실하게 생명을 염원하던 글, 그러나 신의 섭리 안에서 의연함과 겸허함으로 서며 결코 흔들리지 않는 투혼 속에 하루하루를 버티며 써 내려간 글. 너무나 고귀한 그 글 앞에서 내가 감히 무슨 말을 할 수 있을까. 그의 글은 내게 한없는 부끄러움과 깊은 애처로움을 주었다. 그의 얼굴은 형언할 수 없는 고통이 뒤엉킨 얼굴이었지만 그의 모습은 더욱 담대했다. 그 모습은 마치 겨울의 강과도 같았다. 집요한 겨울의 추위에 물길은 비록 생명을 멈춘 듯 얼어붙었을지라도 그 안에는 생명이 요동치며 살아가고 있었다. 그는 생의 마지막까지도 정말 위대한 사람이었다.

어째서 이토록 선한 두 사람이 잠깐의 생과 긴 이별을 갖게 된 것일까. 이 잠깐의 생으로, 누가 신의 마음을 측량할 수 있을까. 두 사람을 마음에 그린다.

P

 나의 친구 P가 죽었다.

 6월 가장 볕이 좋은 어느 날, P는 서른두 살에 세상을 떠났다. 나는 어느덧 그때의 P의 나이를 지났다.

 P가 죽기 전날, 나는 아무것도 모른 채 P에게 전화를 걸었다. P는 전화를 받지 않았다. 그날따라 이상스레 왜 전화를 받지 않느냐고 묻고 싶었다. 그러나 이상스레, 묻지 않았다. 그리고 다음 날 잠에서 깨기도 전 이른 아침 P가 죽었다는 부고를 전해 들었다. 그날 아침 내가 할 수 있는 것은 고작, 땅에 주저앉아 우는 것뿐이었다.

 나는 P를 오래전 타국에서 만났다. P는 나의 가장 친한 친구였다. P는 이제껏 단 한 번의 낙망도 해 보지 않은 사람처럼 생기 있는 사람이었다. 외로움도 고통도 모르는 사람 같았다. 그러나 내가 우연처럼 다시 타국으로 돌아갔을 때 P의 모습은 이미 죽음을 목전에 둔 사람 같았다. P가 휠체어를 타고 길을 지나가면 사람들이 모두 돌아보고 혀를 찰 정도로 P의 모습은 극심하게 병약한 모습이었다. 앙상하다는 말조차 지나칠 정도로 앙상했다. 그럼에도 그때는 누구도 P가 죽을 것이라고 생각하지 않았다. P는 그만큼 강한 사람이었다.

P는 평생 큰 병을 앓았다. 그러나 그렇게 오래 병을 앓으면서도 언제나 다시 일어섰다. 밤과 같은 죽음이 아무리 거세게 창을 두드리며 겁을 주어도 P는 매번 그 창을 꼭 걸어 잠그고 아침이 오기를 기다렸다. P는 그렇게 평생 수차례 아침을 맞이하며 승리했다. 그러나 P는 결국 어느 날, 죽음 앞에 서게 되었다.

P는 죽기 몇 달 전부터 갑작스레, 오랜 이방인 친구인 나를 찾고 또 찾았다. 나는 마치 우연처럼 P가 있는 타국으로 향했다. 그리고 P가 죽기 몇 주 전, P의 집을 찾아갔다. 그것이 누구도 예상하지 못한 우리의 마지막이었다. 나는 P가 죽기 전 유일하게 만난 마지막 사람이었다. P는 정말 자신의 죽음을 알고 있었을까.

P는 그날 피자를 시키고 텔레비전을 켰다. 어느 오후였다. 우리는 늘 그렇듯 별것 아닌 이야기들로 시간을 보냈고, 나는 곧 서

둘러 집으로 돌아갈 채비를 했다. P가 고통스러워하는 것을 느낀 까닭이었다. 나는 그 집을 떠나기 전, P에게 사진 한 장을 찍자고 했다. 그저 P의 초상을 한 장 남기고 싶은 나의 욕심 때문이었다.

그런 나에게 P는 이층으로 올라가자고 했다. 그러면서 P는 난간을 힘겹게 부여잡고 온 힘을 다해, 기듯이 계단을 올랐다. 올라가지 않아도 된다고 몇 번을 손사래를 치고 말려도 막무가내였다. P는 자신의 방에 도착해서 침대 모서리에 앉아 가쁜 숨을 몰아쉬며 한동안 숨을 가다듬었다. 그러고는 아주 작고 느린 목소리로 나를 부르며, 나를 바라보았다. 나는 카메라를 들어서, 그런 P의 모습을 사진으로 남겼다. 빈방 같은 방 안에 카메라 셔터 소리가 크게 울렸다.

그 고요한 방에 한 줄기 바람이 불었다. P의 가느다란 머리카락이 가볍게 흔들렸다. P는 내게 말했다. "나를 봐. 나는 이제 내가 의지를 내어도 살 수 없는 몸이 되었어. 내 몸은 점점 말라 가고 내 배에는 점점 물이 차올라. 내 몸이 보이니?" 그러면서 P는 말할 수 없이 앙상한 자신의 팔을 힘겹게 들어 올렸다.

"나는 배야. 가라앉고 있는 배." P는 내게서 눈을 떼지 않고 숨을 몰아쉬며 다음 말을 이었다. "하지만 너는, 힘을 내면 살아갈 수 있어. 힘을 내. 너는 꼭 힘을 내서, 살아." P는, 내가 깊은 구렁에 빠져 때론 생의 의지마저 잃으려 한다는 것을 이미 알고 있었다. P는 내게 그 말을 하기 위해 애를 써서 계단을 올랐던 것이다. 죽음을 목전에 둔 사람이 내게, 살라고 하였다.

그때 나는 아이처럼 울었다. 걷잡을 수 없이 터져 나오는 울음에 온몸을 들썩이며 아이처럼 울었다. 적막한 방 안에 나의 큰 울음이 울려 퍼졌다. 그때도 P는 끝까지, 모든 힘을 다해 내게 미소 짓고 있었다.

그날 나는 P의 집을 나오며 P에게 다음에 다시 오겠다고 했다. 사진을 들고 곧 다시 오겠다고 했다. 나는 그날, 언제든 허락될 다음을 약속하며 뒤도 돌아보지 않고 P를 떠났다. 그리고 P에게 사진을 전하기로 한 날, P가 세상을 떠났다. P의 부고를 받은 아침, 나는 스스로에게 화조차 내지 못할 만큼 마음이 미어져서 나는 나쁘다고 홀로 숨죽여 소리치며 한동안 땅에 웅크려 울었다.

P의 죽음은 나의 생의 많은 것을 바꾸어 놓았다. P는 죽는 그 순간까지도 내게 생명을 주고 갔다. P의 죽음은 곧, 나의 모든 과거의 죽음이었다. 나는 아직도 눈을 감으면 P가 떠오른다. 그 마지막 사진 속의 햇볕과 공기, 표정과 목소리, 그 마음까지도 모두 생생하게 떠오른다. 눈을 감으면, P가 보인다.

유성

그날 아침이었다. 유성은 잠자리에서 일어나 씩씩한 걸음으로 거실로 걸어 나갔다. 그러고는 "화분이 뭐가 필요하냐." 하고 소리를 치며 집 안의 모든 화분을 집 밖으로 던져 버렸다. 치매가 걸린 아내를 위해 키우던 화분이었다. 유성은 곧장 영주에게 전화를 걸었다. "영주야, 나 지금 병원 가야 한다. 어서 데리러 오거라. 빨리 와라." 병원 가는 길, 유성은 말 한마디 하지 않았다고 한다.

병원에 도착한 유성은 늘 그렇듯 씩씩한 걸음으로 그 누구의 도움도 없이 병원 복도를 걸었다. 영주는 잰걸음으로 그 뒤를 쫓을 뿐이다. 참으로 수상한 일이었다.

유성은 그길로 서둘러 의사를 찾아가 말했다. "나 빨리 침대에 누워야 되겠소. 급하오."

그리고는 유성은 병원 침대에 말없이 반듯이 누워서 그대로 눈을 감았다. 따라나선 영주는 아리송한 얼굴로 눈만 껌뻑인 채 아버지의 이상한 행동을 바라보았다. 꼭 잠이 든 얼굴이었다. 반듯이 누운 유성의 모습을 바라보던 영주는 조금의 시간이 흐른 뒤 소리쳤다. "아, 아버지!"

너무나 평범한 죽음이었다.

정초

"누구 엄마가 그러더라고. 도련님 여든일곱에 죽는대요. 나 열두어 살 먹을 때 그런 말을 들었어. 그리고 또 다른 말을 하나 더 했다. 두 댓돌에 두 번 신발을 올린다나." 그는 그렇게 말했다. "목포에서도 '장가를 두 번 갈 팔자요'라는 말을 들었지. 또 한 번은 부두에서 하숙을 할 때 한 여자가 내 이마를 한참을 보더니 글쎄, 또, 장가를 두 번 간대. 그런데 후에 정말로 두 번 갔지. 신기하지 않아? 그때 난 그런 생각할 나이도 아닌데 세 번이나 똑같은 말을 들었어." 그러더니 그는 재차 말했다. "그런데 나 팔십칠 살에 죽는단다."

그는 절에 앉아서, 나에게 그렇게 말했다.
"바람 끝이 차다." 그날은 여든여섯 정초였다.

어느 한날의 죽음

어느 한날, 두 사람이 죽었다. 두 사람은 모두 아침에 사망했다. 아침부터 흘러나오는 그들에 관한 뉴스와 저녁 뉴스 화면 아래를 스치듯 지나가는 헤드라인은 온종일 나를 음울하게 했다. 한날에 두 사람을 잃는 것은 내게 적지 않은 충격이자 슬픔이었다. 그러나 세상을 떠들썩하게 하던 모든 죽음도 이내 잊혀 가는 것이었다. 어떤 애도도 부족할 만큼 마음이 아파도 곧 잊혀 가는 것이 타인의 죽음이었다. 더욱이 낯모르는 사람의 죽음이라면 누구의 허락 없이도 가벼이 말하고 털어 내는 것이 타인의 죽음이었다. 일상으로 돌아갈 수 있을 만큼의 짧은 탄식과 가벼운 애도만이 타인의 죽음 앞에서 기껏해야 내가 할 수 있는 전부였다. 낯선 사람의 죽음일수록 많은 죽음이 저녁 식탁 위의 스치는 이야기만 될 뿐이었다.

두 사람이 죽은 날도 공원의 나무들은 변함없이 바람에 흔들리고, 거리에서는 사람들의 생기 있는 말소리와 아이들의 뜀박질 소리가 들려왔다. 여느 날처럼 아이들은 자전거를 탄 채 맑은 얼굴로 거리를 오고 가고 세상 어딘가에서는 새 생명이 탄생하고 있었다. 참으로 평범한 어느 날이었다. 나 또한 여느 때와 다름없이 식사를 하고 있었다. 그러다 문득 이런 내 자신이 참으로 잔인하다는 생각이 들었다.

나는 문득, 오래전 사랑하는 이들을 떠나보낸 후 지친 몸을 이끌고 집으로 돌아올 때 내가 느꼈던 조롱 받는 듯한 원통함을 기억했다. 그것은 누구에 대한 원망도 아니었다. 그러나 그것은 생명이 있는 모든 것에 대한 원망이었다. 누군가 죽어도 모든 생명은 아무 일 없다는 듯 무심히 이어지는 것에 대한 원망이었다. 나의 생명 또한 그 원망의 대상 중 하나였다.

나는 한 걸음 한 걸음 길을 걸으며, 그제야 민망스러운 마음이 아지랑이처럼 피어오르는 것을 느꼈다. 하나의 생명이 사라져도 생기는 멈추지 않았다. 나 또한 그토록 많은 허망함을 경험하여도 타인의 죽음 앞에서는 잔인하고 비정하게 무심한 사람이었다. 사람의 마음이 고작 이것밖에 되지 못할까. 타인의 죽음은 어떻게 이토록 내게 무의미한 것일까. 잔인하다.

그러나 한날의 죽음 앞에 수많은 얼굴이 일그러지고 주저앉는 것을 온종일 텔레비전으로 보면서 아무리 타인의 죽음, 아무것도 알지 못하는 사람의 죽음일지라도 영정 사진 앞에서 흐느끼는 사람들의 울음소리가 결국 텔레비전 너머의 내 마음까지 고통스럽게 만들고 있다는 것을, 나는 곧 깨달았다. 한 걸음 한 걸음 길을 걸을 때마다, 고통스럽게 일그러지던 한 사람 한 사람의 얼굴이 떠올랐다. 그 얼굴들은 나의 걸음을 문득문득 멈추게 했다. 나는 깊은 숨을 몰아쉬었다. 깊은 한숨을 쉬었다. 나 또한 마음 한편이 아려 왔다. 그리고 그 아려 오는 마음은 종종, 한밤중의 노크 소리처럼 내 마음 어딘가를 오래도록 서늘하고 민망하게 했다. 나는 분명 타인의 죽음으로부터 어떤 외면하기 힘든 무게를 느끼고 있었던 것이다.

곧이어 나는 그것이 생명에서 오는 슬픔이라는 것을 알게 되었다. 생명이 있는 모든 것은 죽음에 대한 분명한 슬픔을 느끼는 법이었다. 그것이 아무리 낯모르는 이의 죽음이라 할지라도, 어느 날엔가 한 번쯤은 갑작스레 돌부리에 걸려 넘어지듯 강렬하게 떠오르는 것이 죽음이었다. 누구도 피할 수 없는 죽음, 나도 그 앞에 있다. 죽음은 끝내 도처에서 우리를 슬프게 하는 것이다.

생명

　작은 아기를 품에 안고 선 여자의 머리카락이 고요히 부는 바람에 잔잔히 흩날린다. 작은 아기의 짧은 머리카락도 함께 잔잔히 흩날린다. 고개를 떨군 어른들 사이에 서 있는 한 작은 아이, 저 멀리 날아가는 새를 바라본다. 눈부시도록 푸른 잔디밭 한가운데 아직은 빈 구덩이, 그 곁에 선 한 남자가 말 없는 얼굴을 하고 서서 작은 흙무더기의 흙을 구덩이 안에 뿌린다. 그 뒤에 선 여자들이 마음 잃은 얼굴로 서로 기대어 서 있다.

　언젠가 우리는 흙이 된다.

삼 일의 연도

장례식장에는 삼 일 동안 안나를 위한 연도煉禱 소리가 울려 퍼졌다. 안나는 일흔여섯에 생을 마쳤다. 안타까운 죽음이었다. 나는 그녀의 세례명이 안나였다는 것을 끊임없는 연도 소리를 듣던 중에야 알게 되었다. 나는 벽에 기대어 앉아 온종일 그 긴 연도를 들었다. 말 없는 영정 사진 앞에서 구슬픈 저음의 기도 소리가 종일 울려 퍼졌다. 한 무리가 가면 또 한 무리가 오고, 기도가 이어질 동안 또 다른 무리가 와서 차례를 기다리고 있었다. 사람들은 안나를 위해 영원한 안식을 달라고 기도하였다. '저희의 기도를 들어주소서.' 사람들은 기도하고 또 기도했다. 내게는 너무 낯선 풍경이었다. 그러나 종일 반복되는, 파도처럼 오고 가던 그 기도 소리는 잠이 들 때에도 한동안 꿈결에 생생하게 떠오를 만큼 강렬하게 기억되었다. 안나는 정말 그들의 기도 소리를 따라서 영원한 안식으로 가고 있을까. 안나는 지금 어디에 있을까.

안나는 오래전 어느 날 고운 얼굴을 하고 나를 불렀다. "이리 와 봐." 그 소리를 따라 들어가니 화장대 앞에 고운 안나가 앉아 있었다. 나의 안나는 화가였다. 안나는 언제나 꽃과 나비를 그렸다. 안나는 화장대 거울에 비친 나와 당신의 얼굴을 보고는 생긋 웃으며 내게 말했다. "네가 결혼하면 주려고 나무 거울에 꽃과 나비를 그렸다. 그것을 곱게 싸서 농에 넣어 두었어." 그러면서 안나는 화장대 거울에 비친 나와 안나의 얼굴을 보며 생긋 웃었다. 그것이 내가 기억하는 안나의 얼굴이었다. 나는 안나의 삶을 몰랐다. 안나를 위해서 연도를 부르는 많은 사람들은 안나의 삶을 알고 있을까.

삼 일 동안 연도 소리가 들려온다. 안나에게 영원한 안식을 주소서. 안나는 말이 없다. 그녀는 끝내 내게 아무것도 건네주지 못하고, 저 먼 곳에 슬픈 얼굴로 말없이 앉아서 사람들의 연도를 듣고 있다. 나는 벽에 기대어 앉아 영원히 끝나지 않을 것 같은 연도의 파도 속에서 안나를 생각한다. 이번 8월은 안나의 마지막 8월이었다. 안나에게 다시는 오지 않을 8월. 그것은 나의 마음을 먹먹하게 했다. 안나는 정말 영원한 안식을 얻었을까.

죽음에 대하여

경이롭게 찬란한 단풍나무 아래 서니, 나뭇잎 사이로 오후의 강한 볕이 들었다. 나는 고개를 한껏 젖힌 채 나뭇잎 사이사이에서 비쳐 오는 강한 빛 아래 넋이 나간 얼굴로 한참을 서 있었다. 가벼운 바람이 일자 찬란한 노란 잎이 나의 얼굴 곁으로 맥없이 떨어졌다. 낙엽은 곧, 사멸하는 낙엽들 위로 떨어졌다.

공원을 걷는다.

그리움이 뼛속을 긁어도, 마음 깊은 곳이 생살이 찢기는 듯 아파도 두 번 다시 볼 수 없는 것이 죽음이었다. 죽음은 영원한 상실이었다. 육신도 기억도 결국 모두 사멸되었다. 종내 울어도 닿을 수 없이 멀고 모진 것이 죽음이었고, 해가 갈수록 묵직한 그리움이 더욱 짙어지는 것이 죽음이었다. 나는 할아버지가 세상을 떠나던 날 그 찢어질 듯한 비명의 해일 속에서 갓난아이가 처음 말을 배우듯 죽음을 배웠다. 내가 그의 죽음을 통해 죽음을 배운 까닭은 그것이 가장 사랑하는 사람의 죽음이었기 때문일 것이다. 그 후 내가 사랑하던 많은 이들이 세상을 떠났다. 죽음의 잔인함은 어쩌면 남겨진 자의 몫이었다. 사랑하는 사람들의 죽음 이후 나는 인생에 더는 후회를 남기지 않으려 몸부림을 쳤다. 그러나 결국 후회의 족적을 남길 수밖에 없는 것이 사람임을 더욱 절실히 깨달을 뿐이었다. 사랑하는 사람들의 죽음은 한동안 내게 많은 사념을 가져다주었다.

　나는 공원을 걸었다. 마치 오늘 태어난 사람처럼, 처음 빛을 마주한 사람처럼 강렬한 오후의 빛에 이끌려 공원을 걸었다. 한적한 공원에는 사람의 말소리보다도 바람결에 부딪히는 나뭇잎 소리와 나를 어디선가 내려다보며 울고 있는 새소리만이 더욱 가득했다. 영주가 세상을 떠나던 날, 사람의 뼈가 부서지는 소리가 화장터 내에 우레처럼 크게 울릴 만큼 화장터는 적막하고 고요했다. 그 모든 풍경이 어떠했는지는 몰라도, 기억 속 그 모든 고요의 소리와 풍경은 마치 나를 집어삼키듯 내게 깊은 잔흔과 잔상을 남겼다. 도무지 믿기지 않는다는 말 외에는 어떤 말도 허용되지 않을 만큼, 영주는 정말 흙으로 돌아갔다. 그녀가 아흔이었다

할지라도 너무 짙은 노년이었다 할지라도 영주는 내 눈앞에서 흙으로 돌아갔다. 그것이 순리였다 할지라도 영주는 정말, 흙으로 돌아갔다. 그러나 그 사실보다도 내가 더욱 그 잔상들을 잊지 않으려 하는 것은, 그것은 어쩌면 내가 끝내 보지 못할 나의 죽음, 나의 종말을 그 순간 목격했기 때문일 것이다.

죽음은 무엇일까. 죽음은 정말 무엇일까.

공원의 텅 빈 운동 기구들 곁에서 두 아이가 공을 주고받으며 쾌활하게 소리친다. 노년의 두 여자는 벤치에 앉아서 서로의 가족 이야기를 한다. 나는 공원을 걷는다.

사랑하는 사람들의 죽음은 사실상 내게 많은 사념을 주었다. 그러나 나는 그들의 죽음에 대해 아무리 고찰하여도 죽음에 대해 끝내 아무것도 알 수 없었다. 그것은 내가 알 수 없는 미래였다. 나는 죽음을 알 수 없었다. 죽음은 정말 허무와 무상만을 남기는 것일까. 그러나 그들의 죽음은 여전히 내게 의미가 있었다. 그리고 나의 생명을 뒤흔들었다. 나는 죽음을 생각하면 할수록 더욱 생명을 발견하였다. 아이러니하게도, 죽음을 향한 고찰의 끝은 언제나 생명이었다.

때가 되어 땅에 떨어져 깨어지고 문드러져 터진 열매처럼, 누군가의 발에 짓밟힌 열매처럼 죽음은 그렇게 잔인하게 생명을 앗아 가는 듯 보였지만, 그러나 그 열매는 결국 땅의 충만이 되고 또 다른 생명의 도약이 되었다. 사멸은 어쩌면 필요였고 충만이자 시작이었다. 영원한 사멸은 없었다. 결국 생명은 어떤 방식으로든 이어졌다. 그리고 그것을 알게 하는 것이 죽음의 사명이었다. 죽음을 기억하면, 생명이 왔다.

공원에는 여전히 아이들이 큰 소리로 웃으며 공을 주고받았고, 나무 곁에는 새로운 생명의 잔꽃들이 바람결에 흔들렸다. 나는 여전히 공원을 걷고 있다.

흙에서 생명이 났다.

모든 것이 흙으로 돌아가고 그 흙에서 또다시 생명이 났다.

그것이 사랑하는 사람들의 죽음이 결국 내게 가르쳐 준 것이다.

3부

세 사람, 나

이 이야기들은 모두 오래전 이야기들이다.

나의 탄생

　너는 나오자마자 얼마나 큰 소리로 우는지, 밖에 서 있는 사람들이 아들이구나, 아들이야 하고는 웅성거렸지. 그런데 따님입니다, 해서 얼마나 다들 놀랐는지 몰라. 애기 나옵니다, 해서 사람들이 보러 들어갔더니, 그 조그마한 아기가 눈을 동그랗게 뜨고 있더라구. 아니, 어떻게 갓난아기가 이렇게 눈을 동그랗게 뜨고 있지? 사람들이 다 그랬다니까. 나도 너무 놀랐어. 아기가 나를 동그랗게 쳐다보고 있는 거야. 그게 너야.

　옛날에는 집마다 엄청 큰 고무 통이 있었어. 평상시에 거기에 물을 가득 받아 놓고 뚜껑을 딱 덮어 놓고 있다가 물이 안 나오면 거기 받아 놓은 물을 썼거든. 그런데 내 꿈에 그 빨갛고 큰 고무 통이 나왔는데, 그 안에 하얀 쌀이 한가득 수북하게 들어 있었어.

너무 예뻤어. 그 통이 두 개나 있었지. 주인집 아주머니가 그 꿈 이야기를 듣고 아기가 부자가 되겠네, 그랬어.

그리고 주인집 아주머니가 꿈을 꿨는데 맑은 유리 안에 아주 맑은 물이 들어 있는데 그 안에 어찌나 예쁜지, 인삼이 들어 있었 대. 너는 그렇게 태몽을 꿨어. 네 마음이 행복하게 살았으면 좋겠 어. 바라는 건 그것밖에 없어.

0

　많은 이가 그를 존경했다. 그는 글이 무엇인지 아는 사람이었다. 글의 본질과 힘을 아는 사람이었다. 또한 글에 대한 의지가 강한 사람이었다. 그럼에도 불구하고 그는 학자와 소설가, 그 간극에서 처절하게 고민하다가 결국 학자를 택할 수밖에 없었다고 말하는, 실질적 소설가이자 교수이기도 했다. 적어도 내가 기억하는 그의 얼굴은 잘 웃지 않는 얼굴이었다. 움푹 파인 미간, 굳게 다문 입술, 굽이치는 주름. 누구라도 그를 생각하면 당장에라도 떠오를 것들이었다.

　학기 내내 학생들의 단편 소설이 모이고 학생들과 교수의 평론이 오고 가던 중이었다. 한 학기의 반이 지나도록 눈에 뜨이는 글이 없는 모양이었다. 강의실을 걸어 들어오는 그의 모습은 매번 무료한 모습이었다. 강의실 안은 미동 없는 얼굴로 서성거리는 그의 발걸음 소리만 종종 처량하게 울렸다. 그는 항상 해야 할 말 외에는 하지 않았다. 그것이 그가 웃지 않는 얼굴로 몇 마디 말을 던질 때면 많은 학생들이 긴장하는 이유이기도 했다. 굳은 그 얼굴은 그가 얼마나 오랜 허무 속에 이곳을 드나들었는가에 대해 말하고 있는 것 같았다.

어느 날이었다. 한창의 강의를 마치고, 좀 쉬도록 하지, 라는 말과 함께 대부분 빠져나간 강의실에서 그는 창가에 팔을 걸치고 기대어 서서 한참을 창밖을 내다보았다. 오후의 해가 창 저편을 넘어갈 즈음이었다. 녹음이 우거지고 안팎은 고요했다. 그의 얼굴 오른편에는 해의 그늘이 드리웠다. 그의 눈은 짙은 녹음을 넘어 더 먼 어딘가로 가는 모양이었다. 한참을 밖을 내다보던 그는 별안간 강의실 안으로 고개를 돌렸다. 그러고는 무거운 입을 열었다.

"그런데 차예랑이 누구냐."

그의 두리번거리던 눈이, 잔뜩 언 얼굴로 조용히 손을 든 누군가에게 화살처럼 꽂혔다. 그러더니 돌연 누구도 본 적 없는 환한 얼굴로 다시 입을 열었다.

"드디어 작가가 나왔다."

나는 그렇게 글을 쓰게 된 것이다.

대학 졸업 후 나는 그를 마음의 스승으로 모셔 선생님이라고 부른다.

서울 블루스

한낮이었다. 문이 굳게 닫혀 있었다. 나는 문 주변에 모여 앉은 몇 사람 중 한 중년 남자에게 오늘은 문을 안 여는 날이냐고 물었다. 그러자 그들이 고개를 절레절레 흔들며 나에게 말했다. "여기 앉아 있다가 가요." 그 말에 나는 곧장 그들 곁에 자리를 잡고 앉았다.

내 곁의 한 남자가 내게 말을 붙였다. 그는 내게 로또나 한 방 크게 터뜨렸으면 좋겠다고 말했다. 결혼을 몇 번 했다고 했다. 아내들에게 결코 짐을 지울 일은 하지 않았지만 돈 때문에 찾아온 아내들은 모두 돈 때문에 떠났다고 했다. 그러면서 그는 문에 기대어 앉아 큰 소리로 외쳤다. "돈, 돈! 돈이나 있으면 좋겠다!" 그러자 맞은편에 앉아 있는 또 다른 남자가 품 안에 있는 지갑을 꺼내서, 꼼꼼히 접어 깊숙이 넣어 놓은 로또를 꺼내 그에게 건넸다. 어서 가지고 가라며 손에 든 로또를 흔들었다. 로또가 나온 그 지갑에는 적은 액수의 지폐 몇 장이 꽂혀 있었다. 내 옆에 앉은 남자는 그에게 안 받겠다고 손사래를 치며 그의 지갑을 힐끔 보고는 빙긋 웃었다. "야, 너 돈 많다." 하며 그는 무릎을 쳤다. 맞은편에 앉은 남자는 그 말을 듣고는 실없이 웃더니 지갑을 품 안에 도로 집어넣으며 이내 한라산 한 개비를 꺼내 물었다.

골목마다 사람들이 드문드문 걸어 나와 풍경처럼 박혔다가 사라진다. 한 남자가 담벼락에 바싹 붙어서 걸어가다가 말고 골목 어귀 전봇대 앞에 쪼그려 앉는다. 곧이어 또 한 사람이 걸어와서 조금 떨어져 쪼그려 앉더니 "뭘 이렇게 전봇대 앞에 닭 쫓던 개마냥 앉아 있어." 하고는 넌지시 웃으며 담배 한 개비를 슬쩍 꺼내 핀다. 먼저 앉은 사람도 싱겁게 웃다가 서로 말없이 먼 곳만 쳐다본다. 담벼락 위로 뻐끔뻐끔 담배 연기가 올라온다.

내게 돈 이야기를 하던 남자가 건너편에 앉은 여자와 가벼운 언쟁을 벌이다가 갑자기 나에게 고개를 돌려 물었다. "우리, 여기 있는 아가씨한테 물어보자! 아가씨는 평범한 회사원이랑 재벌 중에 누구하고 결혼할 거요?" 나는 평범한 회사원하고 결혼할 것이

라고 답했다. 그러자 그는 "거참. 오늘 이상한 날이네." 하며, 벙
찐 얼굴로 또다시 무릎을 탁 쳤다. "이상한 아가씨요." 하며 그는
먼 곳을 바라보았다.

곧이어 맞은편의 남자가 내게 어느 대학을 나왔느냐고 물었다.
내가 아무 말도 하지 않고 있자, 그는 내게 어디 대학을 나왔느냐
고 재차 물었다. 나는 그걸 왜 묻느냐고 그에게 되물었다. 그러자
그는 내게 "나는 고등학교뿐이 못 나왔어."라고 답을 했다. 그것
이 뭐가 중요하냐고 내가 대꾸를 하니 그가 내게 아들 이야기를
했다. "우리 아들은 말이야. 좋은 대학교를 나왔어." 그러면서 그
는 아름다운 얼굴을 하고 나를 향해 웃었다. 너무나 아름다운 얼
굴이었다. 우리를 말없이 쳐다보던 전봇대 앞의 두 사람은 자리
를 털고 일어나서 데면데면한 얼굴로 각자 골목으로 흩어져 들어
갔다.

굳게 닫힌 문 앞에서 우리 모두는 각자 먼 허공을 바라보고 앉
아있었다. 문 곁에 앉은 한 남자가 담배를 꺼내 물었다. 그 담배
한 개비가 다 타기도 전, 큰 골목 어귀에서 수염이 덥수룩한 남자
가 걸어 들어왔다. 내 앞에 앉아 있던 남자가 나를 힐끔 쳐다보더
니 대뜸, 저이는 정말 좋은 사람이라며 묻지도 않은 것을 귀띔해

주었다. 문 곁에 앉아 있던 남자가 아껴 둔 담배 한 개비를 들고 한참을 고민하다가 수염 난 남자에게 달려가 건네주었다. 담배를 건네받은 남자는 이를 드러내며 씩 웃었다. 담배를 건네주고 온 남자는 그의 웃는 얼굴을 보고는 기뻐서 무릎을 탁 쳤다.

대화는 뜨문뜨문 이어졌다가 끊어지기를 반복했다. 앉아 있던 사람이 자리를 털고 일어나 제 갈 길로 가고, 또 누군가 골목에서 나와 앉아 있기를 반복했다. 사람들이 여기저기 풍경처럼 박혔다가 사라지기를 반복했다. 그러다가 내 곁에 앉은 남자가 대뜸 내게 말했다. "그런데 선생님은 좋은 사람 같아요." 나는 그이 앞에서 대수롭지 않은 척하였지만, 실은 낯선 이에게서 불현듯 들은 그 말에 별안간 눈물이 차올라서 고개를 돌렸다.

얼마나 시간이 지났을까. 나는 자리를 털고 일어났다. "저 갈게요." 사람들은 아쉬운 눈빛을 보냈다. 그러나 누구도 또 보자는 말은 하지 않았다. 잘 가라고 인사를 하는 쪽방촌 사람들을 뒤로 하고 나는 한 번 더 작별하지 않은 채, 그 골목을 나왔다. 해가 저물고 있었다.

경주에서

숲에 바람이 밀려오니 나무가 운다.

바람도 나무도 소리를 낸다.

아무 일 없는 것처럼 고요한 것 같아도 모두 적막하여 소리를 낸다. 모두 그림자를 붙이고 소리 내어 운다.

길가의 작은 돌 하나 그림자를 붙이고 서서, 우는 나무를 본다.

냄새

몇 년 만이었다. 그는 구멍 난 양말을 신은 채, 거의 뜯어져 제 기능을 못하는 검은 슬리퍼를 질질 끌고 느닷없이 나타나서는 지하도 의자에 앉아 꾸벅꾸벅 졸기 시작했다. 나는 신기루 같아 보이는 그이가 너무나 반가워서 당장에 달려가 그의 이름을 불렀다. 그는 못 들은 척하고 싶은 것인지 아니면 정말 안 들리는 것인지 실눈 한 번 뜨지 않고 졸고 있었다. 설마 자신을 부르는 것인가 의심하고 있는 모양이었다. 나는 다시 큰 소리로 그의 이름을 불렀다. 그러자 그는 돌연 눈을 번쩍 뜨고 줄행랑을 치기 시작했다. 그 달음박질이 얼마나 굉장하던지 뒤따라 뛰던 나는 그만 길을 잃었다. 그의 뒷모습은 신기루처럼 금방 사라졌다.

그러나 얼마 안 되어 나는 그를 다른 길에서 다시 만났다. 그는 결국 체념한 얼굴로 배시시 웃고 만다. 그가 물었다. "잘 지냈니?" 나도 물었다. "그간 어디서 지냈어요?" 그는 웃옷을 탁탁 털고는 행색을 고치며 말했다. "난 지방에 좀 있었다." 오랜만에 만난 그이에게서 거리의 냄새가 났다.

한때 나는 노숙하는 사람들을 몇 알았다. 한 번 헤어지면 영원히 못 볼 수도 있고, 우연처럼 또 만나면 그저 반가운 그런 사람들이었다. 서로 성도 이름도 묻지 않았다. 얼굴이라도 눈에 익으면 다행이었다. 어쩌다 우연히 길에서 다시 만나면 나는 반가워 크게 인사를 해도 그들은 나를 잊고 있었다. 그러다가 문득 내가 기억나면 실없는 웃음으로 반갑다 하고 인사를 건넸다. 나에게는 그런 친구들이 몇 있었다. 그래서 나는 거리의 냄새를 잘 알았다.

행색을 고치고 어느 기둥에 기대어 서서 내 눈을 바로 보고 말하는 그이에게, 나는 아무 말도 하지 않았다. 그는 한동안 말없이 서서 덥수룩한 머리만 쓸어 넘기고 있었다. 그러다가 이내, 지방에서 열심히 일을 했었다고 말을 이었다. 그의 나이는 알 수 없지만 그 얼굴은 중년 혹은 거의 노년에 가까운 얼굴로 보였다. 고생한 얼굴이었다. 그가 노숙을 했는지 일을 했는지 나는 아무런 상관이 없었다. 그도 그것을 알고 있었다. "이제 곧 겨울이 오나 보다. 날이 차다." 그는 어깨를 으쓱했다. "너는 어디 가는 길이었니?" 그가 물었다. "집으로 가는 길이었어요." 나는 많은 말이 차올랐지만 모두 삼켰다. 모든 이에게는 숨겨진 이야기가 있는 법이었다. 그것을 염려와 안부로 위장한 나의 이기와 간섭으로 파헤치고 싶지 않았다. 나까지 그를 괴롭게 하고 싶지 않았다.

그에게 물었다. "이제 어디로 갈 거예요?" 그러자 그는 내가 건넨 음료수 한 캔을 꼭 쥐고 나를 보며 말했다. "나도 모르겠다." 그러면서 그는 이내 신기루처럼 저 멀리 사라졌다. 그가 떠난 곳에 쓸쓸한 냉기만 남아 있다.

초보 인간

　내가 어쩌다가 그 낯선 골목으로 흘러들어 갔는지 모르겠으나, 골목 끝에는 큰 절이 있었다. 그날이 무슨 날인지는 알 수 없지만 절에서는 불경이 크게 흘러나오고 사람들이 쏟아져 나왔다. 나는 한차례 쏟아져 나오는 인파를 거슬러 절 마당으로 들어갔다. 무언가 새로운 것을 발견하고 싶었다. 오직 그 마음뿐이었다. 그러나 나는 기대와 달리 아무것도 발견하지 못한 채 절 마당만 빙빙 돌다가 곧 모든 것이 무료하게 느껴져 화단 근처 아무 곳에나 앉았다. 불교 신자가 아닌 나에게 절의 풍경은 생경한 것이었다. 법당 댓돌 위 많은 신발들이 가지런히 놓여 있고, 법당 안에는 절을 하는 사람들의 움직임이 파도를 쳤다. 탑 기도를 하는 사람들의 돌고 도는 발걸음을 지켜본 지도 이미 한 시간이 지났다. 설법 소리가 절 마당을 가득 채우고 두 손을 모은 사람들의 간절한 얼굴들이 마당을 빙빙 돌며 이리저리 오고 갔다. 고요함은 이내 무료함이 되었다. 나는 결국 자리를 털고 일어나서 절 마당을 다시 한 번 더 돌기 시작했다. 무료한 얼굴로 석상과 탑 사이를 이리저리 걷다가 저 멀리 법고를 향해 마지막 걸음을 옮기던 참이었다. 나는 그곳에서 불현듯 그를 만났다. 거친 얼굴과 매서운 눈을 지닌 그를 만난 것은 꼭 일 년 만이었다.

내가 자주 오가던 어느 횡단보도에, 중년으로 보이는 한 남자가 항상 서 있었다. 그는 작은 불상을 품고 있었다. 신호등의 녹색등이 켜지면 밀밭처럼 가득한 사람들이 신호에 밀려 흔들리는 밀밭처럼 횡단보도를 오고 갔다. 그는 그 군중 속에서, 흔들림 없이 서 있었다. 나는 떠밀리듯 길을 건너다가 그를 만났다. 그는 수행 중인 듯했다. 거칠고 매서운 눈은 미동이 없었다. 나는 사람의 밀밭을 헤치고 그에게 더 가까이 다가가 그 얼굴을 더욱 자세히 살펴보았다. 그의 까만 머리는 어떤 두려움을 줄 만큼 새까맣고, 그 눈은 불과 같았다. 강한 얼굴이었다. 그는 나지막이 무어라 말을 하고 있었다. 나는 그의 근처에 서서 모든 것을 유심히 귀 기울여 들어 보았다. 짧은 말들이었다. 그러나 강한 말들이었다. 무엇 때문인지 그 말들은 곧, 내 머리를 뒤흔들었다. 길을 걸으면 걸을수록 더욱 내 머리를 뒤흔들었다. 그는 다음 날도 그다음 날도 같은 자리에 서 있었다. 장승처럼 서 있었다. 온종일 서 있는 모양이었다. 나는 밀밭의 군중을 헤치며 그런 그의 모습을 몇 번이고 지켜보았다. 그러면서 몇 번이고 그에게 말을 걸어 볼 심산으로 군중 사이를 걸었다. 묻고 싶은 것이 많았다. 그러나 수개월을 그 횡단보도를 오고 가며 나는 단 한 마디의 말도 건네지 못했다. 이상하게도 그의 곁에만 가면 거대한 가마 불길 앞에 선 것처럼 더 이상 다가갈 수가 없었다. 그러던 어느 날 그가 사라졌다.

그런 그를 다시 만난 곳은 엉뚱하게도 일 년 뒤 어느 절 마당이었다. 스치듯 보게 된 그 매서운 눈이 아니었다면 모르고 지나쳤을 만큼 그는 더없이 그림자 같은 사람이었다. 그때의 불같던 눈빛은 이제 더는 없었다. 그는 옅은 하늘색 티셔츠와 통이 넉넉한 면바지를 입은, 작은 키의 보통 사내였다. 나는 그를 한동안 쳐다보다가 이내 말을 걸었다. 그러자 그는 처음 본 내게 자신이 그 사람이 맞다며 그런데 왜 알은체를 하느냐고 물었다. 그러고는 고개를 돌리고 웃었다. 절 마당에 앉은 그는 그저 보통 사내였다.

나는 그에게 많은 것을 물었다. 한낮에 시작한 대화는 해가 넘어가며 어스름해질 때쯤 끝이 났다. 그는 내가 알지 못하는 많은 곳에서 오래전부터 고행을 하고 있었다. 서울 곳곳이었다. 봐주는 이가 없어도 온종일 부처를 품고 고행을 하고 있었다. 그는 그것을 스스로 배우는 것이라 하였다. '깨달음'이야말로 그가 바라는 유일한 것이었다. 그 외에 그가 바라는 것은 아무것도 없었다.

그는 절 마당을 쓸고 있는 사람을 가리켰다. 한때 자신도 절 마당을 쓸었다고 했다. 그러면서 그는 내게 말했다. "스님은 아무나 될 수 있는 것이 아니다." 그는 그 말을 하고는 잠시 고개를 떨구더니 흙 마당에 발끝을 비볐다. 그의 까만 머리카락 몇 가닥이 바람에 흔들렸다. 무거운 침묵이 흘렀다. 그의 얼굴 어딘가에서 인고가 느껴졌다. 그 얼굴은 어딘지 모르게, 절에서 본 부처의 얼굴과 조금 닮아 있었다. 겸허한 무상의 얼굴, 그러나 굳건한 얼굴이었다. 어떤 인생이 그들의 얼굴을 흔들 수 있을까. 불교 신자가 아닌 나조차도 많은 것을 묻고 싶은 얼굴이었다. 그는 무심한 얼굴을 하고는 흙 마당에 발끝을 문지르며 애먼 비둘기만 내쫓고 있었다. 나는 어쩐지 그런 그의 모습에서, 고요한 숲으로 들어가는 많은 이들을 거슬러 도시에 남아 수도와 귀의를 시작한 어느 구도자의 모습을 상상하였다. 흰 코끼리의 뒤를 따라 묵묵히 걷는 그를 상상하였다. 그는 분명 무언가를 깨우친 듯했다.

나는 그에게 인생에 관해 물었다. 인생의 답답함에 대해, 괴로움에 대해, 기쁨에 대해 그가 무엇을 깨우쳤는지 물었다. 그러면 그는 긴말은 하지 않고 빙그레 웃으며 작은 부처를 품에 소중히 품었다.

그는 나에게 이름도 나이도 묻지 않았다. 그것은 아무런 상관이 없었다. 해가 떨어지자 날이 서늘해졌다. "너 참 특이하다." 그는 불현듯 그 말을 하며 픽 웃었다. 불같은 그 눈에 심연 우주가 떠오른다. 나는 그에게 많은 것을 물었고 그는 나에게 적은 것을 답했다. 절을 떠나기 전, 그에게 마지막으로 물었다. "나 같은 초보 인간은 이제 무엇을 공부해야 할까요? 나는 인생에 대해서 아는 것이 아무것도 없어요." 그러자 그는 먼 하늘을 무심히 바라보다가 그 얼굴을 대뜸 돌려서 주름이 잔뜩 진 눈으로 크게 웃더니 내게 답했다. "이놈아. 그냥 살면 된다."

글2

글은 무엇일까.

글을 쓰면 쓸수록 도대체 이 모든 것이 무엇으로 점철되고 있는지 그 끝이 어디로 가고 있는지 도통 알 수 없기에, 나는 그 두려움과 염려 앞에 많은 날을 머뭇거리게 된다. 글은 무엇일까. 미련한 얼굴로 백지 앞에 앉아 있는 밤이 매일 반복된다. 나는 언제쯤 글을 즐거이 쓸 수 있을까.

타는 석양으로

P가 죽은 한 달 뒤

P의 죽음 이후 나는 한국으로 돌아왔다. 귀국은 이미 계획된 바였다. 그러나 어쩐지 나는 도망치듯 그곳을 떠나온 것만 같았다. 나는 애초에 P의 죽음을 알고 타국을 간 것이 아니었다. 그러나 P는 마치 자신의 죽음을 알고 있었던 듯, 내가 P를 만난 후 죽음을 맞이했다. 마치 나를 기다린 것만 같이, P는 갑작스레 세상을 떠났다. 그토록 오래 버려 왔던 삶에 비해 너무나 급작스러운 죽음이었다.

P가 죽은 이후 한 달 동안 P는 하루에도 수십 번씩 나의 기억에 찾아왔다. P의 죽음은 그렇게 나의 일상의 일부가 되었다. 일상에서 P가 떠오를 때면 나는 하던 일을 모두 멈춘 채 먹먹한 감정을 끌어안고 꽤 오래 그 기억의 언저리를 서성였다. P의 죽음

은, 도저히 그 깊이를 가늠할 수 없는 깊은 바다에 무심결에 던져 놓은 추처럼 내 삶에 계속해서 무겁게 가라앉고 있었다. 그러나 이상하게도 P에 대한 기억은 점점 사라져 갔다. 그럴수록 나는 P 에 관한 모든 기억을 더욱 움켜잡으려 하였고, 그렇게 노력하면 할수록 모든 기억들은 잡을 수 없는 모래처럼 나의 기억 사이를 한없이 새어 나갔다. 혹여 먼 훗날 손을 폈을 때 P에 대한 기억이 놀랄 만큼 적게 남아 있지 않을까, 나는 그것이 한없이 두려웠다. P의 기억에 대한 시작과 끝이 점차 희미해져 간다. 어떻게 P를 기억할 수 있을까.

P는 언제나 여유로운 얼굴로 운전을 했다. P와 나는 석양이 유난히 크고 붉게 지던 어느 저녁에 P가 운전하는 차를 타고 높은 언덕을 넘어가고 있었다. P의 차에서는 잭 존슨이 부른 Ones and Zeros가 흘러나오고 있었다. P는 잭 존슨을 좋아했다. P는 언덕 너머로 사라져 가는 석양을 향해 여유롭게 달리며, 자신이 어떻게 잭 존슨을 좋아하게 되었는지를 내게 이야기해 주었다.

"호주에 갔을 때였어. 그날 어느 산 위의 레스토랑에서 식사를 했어. 석양이 지면 정말 멋지지 않을까 하는 생각이 드는 곳이었 지. 상상해 봐. 완벽한 골짜기, 근사한 나무들, 깊은 하늘. 아마

지금과 같은 시간이었을 거야. 지금처럼 붉은 해가 서서히 저물기 시작했지. 정말 모든 것이 환상적이었어. 그때 타는 듯한 석양이 저물어 갈 때쯤, 누군가 기타를 치며 노래를 부르기 시작했어. 잭 존슨의 노래였지. 정말 말도 못하게 환상적인 순간이었어. 그때부터 나는 잭 존슨을 좋아해. 만약 그곳에 다시 간다면 그때 내가 본 그 완벽한 풍경을 다시 볼 수 있을까? 그토록 완벽한 순간은 아마 다시는 못 볼 거야. 그래도 뭐, 상관없어. 지금도 정말 멋진 순간이야." 그러면서 P는 당당하고 여유로운 미소를 띠었다. 타는 석양이 P의 옆얼굴을 가득 비추었다. P는 석양을 향해 계속 달렸다.

P는 호기심이 강한 사람이었다. P는 언제나 새로운 곳에서 양팔을 높이 들고 환하게 웃고 있었고, 세상 곳곳의 많은 사람들과 어깨동무를 하고 있었다. 사람에게도 세상에게도 그 어떤 것에도 두려움이 없는 사람이었다. 그 용기와 호기심은 죽음을 목전에 두고도 변하지 않았다. P는 세상을 떠나기 두 달 전에도 다른 나라로 여행을 떠나는 사람이었다. 앙상한 몸을 휠체어에 싣고 여행을 가겠다는 P를 누구도 말릴 수 없었다. P는 기어코 그곳에 가서 그 앙상한 손을 흔들고 있었다. P는 그런 사람이었다. 그래서 P가 세상을 떠났던 날, 그 누구도 P의 죽음을 믿을 수 없었다.

그날 세상의 많은 사람들이 울었다. 우리는 P의 생이 너무 안타까웠다.

P는 모두에게 사랑이자 용기였다. 그렇기에 P는 분명, 내가 먹먹하고도 사무치는 슬픔을 끌어안고 이대로 살아가는 것을 원치 않을 것이다. 아마도 P였다면 나를 있는 힘껏 안으며 삶이란 그런 것이니 괜찮다고 말했을 것이다. 아마 내가 이 글을 P에게 보여 준다면 P는 당장에 문을 열고 뛰쳐나가 차에 시동을 걸고 어서 타라고 손짓했을 것이다. 고개를 가로젓는 나에게 경적을 울리며 어서 오라고 손을 흔들었을 것이다. 차에 타면 잭 존슨 노래를 크게 틀고 어디든 달려갔을 것이다.

나는 그런 P를 잃고 한 달 내내, P의 부재에서 느껴지는 강한 외로움과 안타까움에 많은 방황을 했다. 그 상실감이 나를 너무도 짓눌러서 나를 지키기 위해 P를 기억에서 억지로라도 놓아주어야 하나 하고 깊이 생각했을 정도였다. 그러나 P가 생전에 어떤 사람이었는지를 기억한다면 내가 P를 잊어야 할 필요도, P의 기억 속에서만 살아갈 필요도 없는 것이었다. 나는 그제야 알게 되었다. P가 원하는 것은 내가 살아가는 것이었다. 허무와 외로움을 비우고, 사랑으로 P를 기억하는 것이었다.

타는 석양으로 달려가던 길, 많은 염려와 슬픔의 낯을 숨기지 못한 채 앉아 있는 나에게 P가 말했다. "석양 너머 아침은 올 거야. 아무리 어두워도 결국, 아침은 올 거야." 그러면서 P는 나를 보고 환하게 웃었다. P는 내게 생명을 주고 떠났다. 그런 P를 위해, 더는 내 염려가 미치지 못할 곳에 슬픔을 미리 가져다 놓지 않기로 했다. 아침은 온다. 타는 석양 너머 아침은 온다. 그렇게 수많은 아침이 지나면 언젠가 우리는 타는 석양에서 다시 만날 것이다.

사유의 대지에 서서

사유의 대지에 서서 마음의 빈곤 속에 글을 쓴다.

길 잃은 새가 제집을 찾아가듯 기억을 더듬어 글을 쓴다.

이방인

나는 한때 타국에서 숲의 아이들과 함께 시간을 보냈다. 그 삶은 분명 내 삶의 근간이 되었다. 떠나온 지 많은 시간이 지났지만 나는 아직도 숲을 그리워한다. 거리에서 아이들의 뜀박질 소리가 들려오면 나는 숲의 아이들을 생각한다. 바람 한 점 불지 않는 뙤약볕 아래 맨발로 땅을 힘차게 디디며 멀리서 달려오던 아이들, 큰 소리로 노래를 부르며 더 깊은 숲으로 걸어 들어가던 작은 아이들의 뒷모습이 생각난다. 어디서 오는지 모를 바람이 불어오면, 그 바람에 나무들이 온몸을 찬란하게 흔들 때면 더욱 그 아이들이 생각난다.

나는 한동안 작은 오토바이를 타고 숲의 아이들을 만나러 갔었다. 헬멧 사이로 삐져나온 몇 가닥의 머리카락이 세찬 바람에 흩날릴 때면 나는 그 바람에서 더없는 자유를 느꼈다.

바람이 세차게 몰아치는 큰 도로를 한참을 달리고, 고요한 흙길을 또 한참을 달리면 우거진 숲이 나왔다. 그 숲 안으로 들어가 산을 오르면 더욱 깊은 숲이 나왔다. 숲은 들어갈수록 더욱 우거지고 길은 점차 좁아졌다. 나무가 얼굴을 스칠 만큼 좁고 무성한 곳을 한참을 달리다 보면 우거진 나무가 나를 점차 붙드는 듯하였다. 스치는 나무들이 가지를 뻗어 헬멧을 두드리는 듯한 소리가 날 만큼 길이 좁아지면, 달리는 오토바이 위에서도 몸을 이리저리 흔들어 피해야 할 만큼 나무들이 서로 얽혀 있는 곳이 나왔다. 마치 길의 끝과 같은 곳이었다. 그러나 그 길의 끝, 나무숲을 통과하면 놀랍게도 그 나무숲 너머, 아이들이 살고 있었다. 나는 한동안 그 아이들을 만나러 갔었다.

나는 이방인이었다. 잠을 자고 깨어도 모든 것은 변함없이 낯설었다. 작은 마을로 돌아가도 마찬가지였다. 그 어디에서도 나는 이방인이었다. 사람들은 다정했고 누구도 나를 유별나게 대하는 이가 없었지만, 이방인이라는 그 사실은 매일 홀로 어느 섬에 표류하는 것 같은 기분을 갖게 했다. 나의 언어는 너무 멀리 가닿아 무의미하게 흩어지는 것만 같았고, 내 모든 발자취는 흔적도 없이 사라지는 것만 같았다. 어슴푸레하게 밝아 오는 새벽빛은 내게 희망이 아닌 짙은 외로움이었다. 그것은, 한낮에 천장에서 길게 내려오는 작은 거미마저 한없이 낯설어 말 붙일 수 없을 만큼의 깊은 외로움이었다. 간혹 혼잣말을 내뱉어도 내 귀에 다시 들려오는 모국어가 민망스럽게 느껴질 뿐이었다. 그것이 이방인의 삶이었다.

매일 밤, 작은 거미 한 마리가 내 얼굴 곁까지 내려왔다. 낮 동안 팔을 휘저어 줄을 끊어 놓으면 거미는 꼭 같은 자리에 다시 줄을 치고 내려왔다. 나는 며칠을 손을 휘저으며 줄을 끊어 놓았고, 거미는 매일 같은 자리에 줄을 치고 나를 찾아왔다. 며칠의 수고에도 도무지 모든 것을 어쩔 수 없다는 것을 알았을 때 나는 결국 저만치 떨어져 잔뜩 몸을 웅크리고 얼굴을 깊게 파묻고는 소리를 죽여 한동안 울었다. 이 작은 거미마저 이방인인 나의 외로움을 겁이 많다고 조롱하는 것만 같았다. 낯선 거미는 그런 내 곁에 가까이 다가와 나를 바라보고 있었다. 나의 돌아갈 집은 너무 멀게만 느껴졌다.

아침이면 대문 밖에 오토바이가 멈춰 서는 소리가 들렸다. 이른 아침마다 나를 숲으로 데리고 가기 위해 한 사람이 찾아왔다.

그도 어느 숲의 한 마을에 사는 사람이었다. 그는 언제나 이방인인 나를 태우고 서둘러 숲으로 들어갔다. 숲은 내가 머무는 곳에서 한참을 가야 했다. 큰길에서 큰 트럭이라도 옆에 서면 우리 몸은 해초처럼 잔잔히 흔들렸다. 나는 온몸이 까맣게 그을린 채 까만 헬멧을 쓰고 잠자코 그의 뒤에 앉아 있었다. 헬멧을 벗지 않으면 누구도 이방인인지 모를 차림과 피부색이었다. 그러나 더듬더듬 내뱉는 문장들은 내가 영락없는 이방인이라는 것을 알려 주고 있었다.

숲의 아이들은 오토바이 소리가 들려오면 나무 집을 뛰쳐나와 오토바이 곁을 따라 뛰며 높은 언덕까지 단숨에 뛰어 올라갔다. 아이들은 아무것에도 얽매이지 않고 힘차게 뛰었다.

나는 아이들이 내 곁을 따라 걸을 때마다 이방인의 마음을 잊으려 노력하였다. 이방인인 나의 모습도 지워 버리려 노력하였다. 그러고는 마음을 다해 의지를 내어, 저 멀리 기둥에 홀로 기대어 선 작은 아이까지도 모두 불러 모아 더 깊은 숲으로 걸어 들어갔다.

아이들은 내가 이방인이기에 내 손을 잡은 것이 아니었다. 순간의 호기심으로 내 손을 잡은 것이 아니었다. 아이들이 내민 손은 그 작은 마음이 내게 건네는 모든 말이었고, 나를 향해 뛰어오던 발소리는 나를 향한 숲의 아이들의 모든 언어였다.

그러나 나는 이방인이었다. 내가 나눠 준 비스킷을 양손에 쥐고 어린 동생과 나눠 먹는 작은 여자아이를 보았을 때, 작은 공책을 양손에 들고 큰 소리로 노래를 부르며 숲으로 뛰어 들어가는 작은 남자아이들의 작은 발을 보았을 때 나는 언젠가 숲을 떠나는 나의 모습을 생각했다. 이방인은 언젠가는 제집으로 돌아가야만 했다. 돌아갈 집이 너무 멀어도, 이방인은 언젠가 제집으로 돌아가야 했다.

나는 그 숲에 있는 동안 많은 생각을 했다. 정리되지 않는 문장들처럼, 이방인인 나의 처지와 숲의 아이들, 그 사이에서 수없이 뒤엉키는 상념들에 어찌할 바를 몰라 했었다. 아이들이 나의 손을 잡을수록 나는 점차 숲을 닮아 가고 있었다. 그러나 결국 나는 이방인의 짙은 외로움을 견디지 못하고 집으로 돌아와 이 도시에서, 무심결에 흩날리는 머리카락에서 숲의 기억을 떠올리고 있을 뿐이다. 깊은 숲, 그곳에 내가 사랑하던 아이들이 살고 있다.

이방인의 노래

처음엔 오토바이 두 대가 꼬리를 물고 숲으로 들어갔다. 출발 전, 앞선 오토바이에 탄 이들에게 숲에 관한 간단한 이야기 몇 마디를 전해 들었다. 그 후 중년 여자는 나를 뒤에 태우고 앞선 이들의 뒤를 잽싸게 쫓았다. 나는 그녀 뒤에 매달려 낯선 언어로 더듬더듬 말을 붙였다. "아이들은 얼마나 있는 거야?" 그러자 그녀는 차분한 목소리로 이방인에게 답했다. "글쎄, 기대 안 하는 게 좋을 거야."

내가 도착한 첫날, 공터에는 한 아이만 서 있었다. 한 건물에 들어가서 한참을 기다리니 대여섯 명의 아이들이 나타나 책걸상을 타고 올랐다. 나는 건물 가장 뒤편에 앉아서 말없이 그것을 바라보았다. 다음 날부터는 한 남자와 나, 두 사람이 탄 오토바이가 숲으로 달렸다.

이틀이 되자 공터에 세 아이가 서 있었다. 사흘이 되자 낡은 시소 하나, 그네 하나, 쇠기둥 하나 있는 공터에 십여 명의 아이들이 여기저기 매달려 있었다. 오토바이 소리가 숲 너머에서 들려오면 아이들은 공터에 모였다. 풀숲에서 오토바이가 튀어나오면 아이들은 저 멀리서부터 점처럼 뛰기 시작했다. 오토바이는 작은 언덕 위, 빈 건물까지 멈추지 않고 달렸다. 아이들은 오토바이 꽁무니를 쫓아 부리나케 언덕을 올랐다. 오토바이와 아이들 모두 언덕에 서면 나는 오토바이에서 내려 헬멧을 옆구리에 낀 채 건물 문을 열었다. 그러면 아이들은 작은 손으로 내 헬멧을 툭툭 치고 방방 뛰며, 건물 안으로 뛰어 들어갔다. 아이들이 헬멧을 치는 소리는 아주 작은, 숲의 학교의 시작을 알리는 소리였다.

아이들은 나무로 만든 집에서 살았다. 나무 사다리를 타고 집에 들어가면 나무 바닥 아래로 개나 닭이 지나다니는 것이 보였다. 숲 안에 몇 채, 더 깊은 숲 안에 몇 채, 그렇게 몇 집이 모여 한 마을을 이루었다. 나무 집은 아주 작았다. 그러나 작은 집마다 많은 아이들과 많은 사람들이 살고 있었다.

숲에 들어간 지 며칠이 되었을 때, 이상하게도 아이들이 한 명도 나와 있지 않았다. 빈 건물에 들어가도 아이들이 없었다. 아이들은 어디에도 없었다. 나와 그는 헬멧을 아무 곳에나 던져두고 나무 집들이 모여 있는 더 깊은 숲을 향해 언덕을 오르기 시작했다. 언덕에 들어서며 나는 큰 소리로 아이들을 불렀다. 한 집 한 집을 지날 때마다 나무 사다리를 두드리며 아이들을 불렀다. 그러자 몇몇 아이들이 사다리를 타고 주춤주춤 내려와 내 뒤를 따랐다. 그날은 적은 아이들만 책상 앞에 앉았다. 그다음 날도 우리는 큰 소리로 아이들을 불렀다. 그러자 이내 이 집 저 집에서 커튼을 휙 치고는 내게 고함을 쳤다. 나는 다시 아이들의 이름을 불렀다. 그러자 창문 너머 모두들 사람이 없는 것처럼 침묵하였다.

나는 침묵하는 많은 집 주변을 빙빙 돌며 아이들의 모습을 보았다. 나무 집 아래에 쪼그리고 앉아 그릇을 닦고 있던 아이, 황급히 커튼을 치는 부모 뒤로 제 몸만 한 동생을 안고 있던 아이를 보았다. 빨래를 널다 말고 부모의 외침에 급히 사다리를 타고 집으로 올라가던 아이를 보았다. 아이들은 나를 보며 아무 말도 하지 않았다. 아이들이 부모를 도와 작은 집안일을 하고 있었다. 그러나 아이들은 커튼 틈으로 나를 보고 있었다. 나는 그 아이들의 눈 속에서 나무 집 너머, 숲 너머의 세계를 보았다. 아이들이 나를 보고 있었다.

나는 며칠을 마을을 돌며 아이들의 이름을 부르고, 문을 두드렸다. 그러자 아이들은 한두 명씩 집을 나오기 시작했다. 내 소리가 제집에 가까워지면 기다렸다는 듯 부리나케 사다리를 타고 내려왔다. 마지못해 어느 이상한 이방인을 탓하는 척하며 사다리를 타고 내려오기 시작했다. 그러고는 부리나케 건물로 뛰어갔다. 한 아이가 한 아이를 부르고 그렇게 모인 두 아이가 한 아이를 불렀다. 아이들은 서로 손을 잡고 뛰기 시작했다. 부탁하지 않아도 다른 나무 집에 가서 문을 두드렸다. 그렇게 어느 날, 마침내 마을의 모든 아이가 모이게 되었다. 좀 더 시간이 흐르자 커튼이 열리고 마을 사람들은 내게 손을 흔들었다. 공터에는 다시 아이들이 뛰놀기 시작했다.

숲의 마을에 들어갈 때면 나는 동네 문구점에서 플라스틱 배드민턴 채, 고무공, 작은 악기, 풍선과 같은 일회용 놀잇감들을 손에 잡히는 대로 사서 들어갔다. 너무 연약하여 쉽게 부러질 것 같은 간소한 놀잇감들이었다. 도시의 아이들은 거들떠보지도 않는 그런 종류의 수수한 놀잇감들이었다. 그러나 숲의 아이들은 건물 문이 열리면 건물에 쏟아져 들어가 그 놀잇감들을 가지고 크게 웃으며 뛰어놀았다. 다 놀고 나면 소중한 물건을 다루듯 낡은 나무 책상 위에 곱게 올려놓았다. 낡은 시멘트 건물에 분홍 풍선, 파란 풍선이 떠다니고, 샛노란 배드민턴 채와 주황색 고무공 등이 낡은 나무 책상 위에 더없이 소중한 물건처럼 놓여 있었다. 아이들은 싸우지 않았다. 누구도 싸우지 않았다.

건물로 쏟아져 들어간 아이들은 누가 시키지도 않았는데도 제 몸보다 더 큰 빗자루를 온몸으로 잡고 흔들며 바닥을 쓸고 여기 저기서 책걸상을 날랐다. 가만히 지켜보는 아이는 한 아이도 없었다. 아주 작은 아이도 제 몫을 했다. 마치 각자의 몫이 정해져 있는 양 최선을 다했다. 나는 아무 곳에나 헬멧을 던져두고는 창문을 모두 열었다.

가장 작고 어린 아이가 제 몸보다 더 작은, 이제 막 걸음마를 뗀 동생을 옆구리에 끼고 맨 마지막으로 들어오면 마을의 모든 아이가 다 온 것이었다. 내 어깨만큼 오는 가장 큰 아이들과 이제 막 걸음마를 뗀 가장 작은 아이까지 모두 모이면 아이들은 크게 노래를 불렀다.

나는 가장 처음, 아이들에게 노래를 가르쳤다. 그 나라 아이라면 누구나 아는 노래였다. 하지만 숲의 아이들은 그 노래를 몰랐다. 아이들은 처음에는 이방인의 입에서 제 나라의 노래가 나오자 깔깔대고 웃었다. 그러나 아이들은 이내 목청껏 그 노래를 부르기 시작했다. 아이의 얼굴이었다. 아이들은 이방인의 입을 통해 자신들의 노래를 배웠다. 노랫말은 부지런히 배우자는 것이었다. 처음에는 웃고 놀리던 아이들도 문을 나설 때면 서로 어깨동무를 하고 큰 소리로 노래를 부르며 집으로 돌아갔다. 시간이 지날수록 아이들은 높은 나무 위 원숭이 소리가 울리는 깊은 숲에서 언덕을 뛰어오르고 숲을 뛰며 그 노래를 불렀다. 아이들끼리 서로 얼굴을 마주 보며 부르고 내 손을 잡고 노래를 불렀다. 아이의 얼굴로 크게 노래를 불렀다. 아이들은 나와 그 노래를 통해 더 먼 세상으로 달려가는 듯했다.

오토바이가 숲을 떠날 시간이 되면 아이들은 그와 내가 오토바이에 오르는 것을 지켜보며 서 있었다. 그러고는 내 곁을 따라 뛰었다. 손을 휘저으며 위험하다고 소리를 쳐도 아이들은 내가 무성한 나무 사이로 사라질 때까지 따라 뛰었다. 내일 다시 올 거야, 하고 소리를 치며 오토바이가 무성한 나무 사이로 자취를 감춰야 아이들은 숲으로 돌아갔다.

'개구리야. 높이 뛰어라. 높이 뛰어라.' 간혹 나 홀로 공터를 거닐다가 저 멀리 아이들의 노랫소리가 들려오면 나는 어쩐지 마음이 저며 왔다. 아이들은 밤이 되면 숲의 소리가 들리는 나무 집에 누워 별이 쏟아지는 짙은 밤하늘을 올려다보며, 홀로 작은 목소리로 그 노래를 흥얼거렸을 것이다. 아이들은 밤마다 그 노래를 부르며 무슨 꿈을 꾸었을까.

원숭이가 울 때
더 깊은 숲

나는 큰 새의 날갯짓 소리를 그 숲에서 처음 들었다. 원숭이는 아주 높은 나무 어딘가에서 숨어 울었다. 나무는 너무 높고 커서 고개를 끝까지 젖혀야 그 끝을 볼 수 있었다. 높은 나무들은 빽빽하게 숲을 이루고 있었다. 큰 도마뱀은 더 어둡고 깊은 숲의 길로만 소리 없이 다녔고, 뱀과 쥐는 숲의 아이들 몰래 붙어 싸웠다. 작은 동물들은 아이들의 눈을 피해 무성한 풀숲 사이를 오가고, 독수리는 창공을 가르며 먼 곳으로 날아갔다. 사람들은 그 숲에서 작은 마을을 이루고 살았다. 넓은 흙길과 동그란 공터는 모두 아이들의 것이었다.

나는 가끔씩 더 깊은 숲으로 걸어 들어갔다. 나무가 우거진 곳으로 더욱 걸어 들어갈수록 원숭이는 더 크게 소리치고 새는 더 가까운 곳에서 날았다. 깊은 숲에 덩그러니 서서 고개를 젖히고 나무를 올려다본다. 그러면 어디에 있는지 모를 원숭이들이 노래를 부르듯 서로 소리쳤다. 동네 개들의 소리가 조금 멀리서 들려왔고 큰 새들이 제각각 울며, 도마뱀이 나무를 스치는 작은 소리가 나무마다 울렸다. 나는 땅의 첫 소리를 그 숲에서 모두 들었다. 그 소리에 귀를 기울이고 있으면 이내, 맨발로 흙길을 디디며 뛰어오는 작은 아이들의 소리가 들렸다.

아이들은 숲을 두려워하지 않았다. 숲은 아이들에게 전부였다. 흙과 해의 색을 닮은 아이들이 내 주변을 맴돌며 이리저리 뛴다. 나는 가만히 서서 높은 나무 어딘가의 원숭이 소리를 들을 뿐이다. 그러면 아이들은 종종 원숭이 소리를 흉내 냈다. 나무 위의 원숭이 소리는 가장 아름다운 바람 소리 같았다. 바람이 휘파람을 부는 것만 같았다. 아이들은 노래를 부르듯 그 소리를 흉내 냈다. 그러고는 내가 알지 못하는 낯선 숲의 언어로 서로 말하며 자기들끼리 깔깔 웃었다. 원숭이 울음소리가 숲에 메아리치고 큰 새가 나무를 박차고 큰 날갯짓을 하며 높이 날아간다. 아이들은 몇 번이고 나를 툭툭 치며 원숭이 울음소리를 흉내 냈다. 그러면 사람이 그리운 아이들과 나는 손을 잡고 깔깔 웃었다. 그러고는 우리는 모두 손을 꼭 잡고 언덕을 내려가 마을의 작은 학교로 돌아갔다.

　아이들이 뛰면 그 옆에 할 일 없이 돌아다니던 개들도 뛰었다. 아무 곳에나 풀어놓고 키우던 닭들도 날개를 푸드덕거리며 뛰고 늙은 고양이와 고양이만 한 쥐도 함께 뛰었다. 어른들은 창을 닫고 집 안에 앉아 있거나 빨래를 널며 아이들에게 손을 흔들었다. 그러다가도 어디선가 작은 엔진 소리가 들려오면 귀 밝은 아이들은 숲을 헤치고 엔진 소리가 들리는 곳으로 뛰어갔다.

　깊은 숲속의 작은 학교, 아이들은 그곳에서 노래를 불렀다. 작은 손을 움직여 집을 돌보며 하루를 보내는 아이들이 사는 곳. 흙과 해의 색을 닮은 작은 아이들의 노랫소리가 숲에 퍼져 나간다. 노란 공 하나, 비스킷 하나, 따뜻한 우유 하나, 작은 공책 하나 없는 숲속에서 이방인을 기다리던 아이들이 노래를 부른다.

　창밖에 원숭이가 운다. 어디서 우는지 모르게 저 높은 나무 위에서 원숭이가 운다. 큰 새가 나무를 딛고 높이 날아오르는 소리가 들린다. 깊은 숲속의 아이들의 노래가 산 너머로 날아간다. 나는 그 깊은 숲에서 태고의 가장 아름다운 모든 첫 소리를 날마다 들었다.

아이들은 집으로 돌아간다

나는 아직도 그날을 기억한다. 붉은 주단을 펼쳐 놓은 듯 저물어 가는 해를 향해 걸어가던, 해에 그을린 아이들을 기억한다.

강 밖으로 막 걸어 나온 아이들이 비처럼 강물을 흩뿌리며 제 옷을 있는 힘껏 쥐어짜고, 늘어진 머리를 이리저리 흔들며 여기저기 흩어진 어린 동생들을 찾는다. 물에 젖은 어린아이들이 흙투성이가 된 갓난 동생을 옆구리에 찬다. 제 몸의 절반이나 되는 어린 동생이 떨어질까 힘을 주어 아기를 안는다. 아이가 아이를 안고, 붉은 주단을 펼쳐 놓은 듯 저물어 가는 해를 향해 물 자국을 남기며 걸어간다. 결연하고 강한 그 작고 작은 팔로, 깡마른 다리로 제 몸만 한 동생을 옆구리에 차고 걸어간다. 집으로 돌아간다. 나에게 손을 흔들며, 해를 향해 걸어간다. 그 많던 아이들이 언제 간 지도 모르게 제 길로 모두 흩어지면 어두워진 길 위에

나 혼자 남는다. 나의 돌아갈 집은 이 산을 넘어, 저 도시를 넘어, 이 나라를 넘어 한참을 가야 하는데 나만 혼자 남았다.

나는 어느 날 집으로 돌아왔다. 모든 기억을 안고, 집으로 돌아왔다. 붉은 주단과 같이 해가 저물 때면 나는 여전히 그날을 눈앞에 그린다. 용감한 눈과 강한 얼굴로, 제 몸만 한 동생을 옆구리에 차고 붉은 해를 향해 걸어가던 숲의 아이들의 뒷모습을 생각한다. 나를 살아가게 하던 그 용감하고도 아름답던 뒷모습을 떠올린다. 아이들도 나도 모두 집으로 돌아왔다.

선생님의 편지

'반갑다.

타국의 생활이 너의 창작 활동에 도움이 될 것은 분명하다.

느끼고 다루기에 따라 체험과 상상력의 영역이 함께 빚어내는 빛나는 순간을 맞이할 수도 있겠다.

문학이 반드시 무엇을 목표로 해야 하는 것은 아니지만 반드시 그 무엇을 담고 있어야 한다.

소설에 대한 너의 인식에도 좋은 변화가 오기를 바란다.'

P의 목소리
P가 죽은 2년 뒤

P가 꿈에 아픈 얼굴로 나왔다. P는 언제나 튤립과 같았고 한여름 밀려오는 파도와 같았기에 나는 P의 병색을 보고 큰 걱정이 앞섰다. P의 건강이 얼마나 걱정이 되었던지 꿈속에서 그 얼굴을 보는 내내, 어디가 아픈 것은 아닐까 근심이 되어 마음이 메마를 지경이었다. 꿈에서 깨면 꼭 P에게 전화를 걸어 안부를 물을 작정이었다. 어서 꿈에서 깨기를 바라는 마음뿐이었다. 근심 어린 생각으로 꿈에서 깬 나는 급한 마음에 휴대폰부터 찾았다. 휴대폰을 찾다 말고 나는 그만 허망한 마음에 한동안 넋을 놓고 앉아 있었다. P는 이미 이 세상에 없다는 것을 나는 휴대폰을 찾다 말고 깨달았던 것이다.

아, 나는 차라리 마음이 메말랐던 그 꿈결이 더 좋았을 것이라 생각하며 허망한 마음을 안고 일어섰다.

내 휴대폰에는 P와 주고받던 많은 음성 메시지가 있었다. 나는 그것을 기억하여 이른 아침 그 메시지들을 틀어 보았다. 그러자 더는 이 땅에 없는 사람의 목소리가 재생되었다. 나는 이제 그 목소리로 어떤 새로운 문장도 들을 수 없다. 결코 더는 들을 수 없는 목소리, 영원한 마지막 말, 이 땅에 남겨진 내가 가진 유일한 것. 나는 그 아침에 P의 목소리를 듣고 또 들으며, P가 어느 날 내게 이 모든 것이 거짓이었다고 말해 주면 좋겠다고 오래 생각하였다.

P가 보고 싶다.

작가의 생

나는 글을 쓰기 위해 이토록 공허한 마음을 갖고 태어난 것일까.

일기

글을 쓰면 쓸수록 비참함을 느낀다. 내가 이러한 것들을 쓸 자격이 있는가, 그 수없는 물음 때문이다.

나의 생각은 거짓이 없다. 그러나 이토록 모순적인 나의 모든 순간들에 대해 나는 할 말이 없다.

나는 정말 부끄러운 사람이다. 나는 유독 글을 쓸 때면 그동안의 삶에 대해 강한 비참함을 느낀다. 그러나 그 구구한 심경이 글에 여실히 녹아난다면 그 글이 무슨 쓸모가 있을까. 글은 참으로 어려운 것이다. 나는 정말로 언제쯤 즐거이 글을 쓸 수 있을까.

파브르

아이는 내게 한 아이돌 그룹을 좋아한다고 했다. 아이가 내 등을 쿡쿡 찌르더니 안경을 한 번 치켜올리고는 상기된 얼굴로 건넨 말이었다. 그래? 하고 나는 말했다. 한 치 앞이 보이지 않는 밤이었다. 아이는 내게 꿈이 있다고 했다. 아이와 함께 강으로 가는 길이었다.

나는 그날 몇몇 한국 아이들과 작은 나무배에 탔는데 배가 좌우로 흔들리자 짙은 어둠이 내린 밤에 여기저기서 짧은 비명이 울려 퍼졌다. 그러나 비명에는 들뜬 웃음이 배어 있었다. 아이들은 제 발도 잘 보이지 않아서 모두 밤눈이 떠질 때까지 잠자코 기다려야 했다. 서로 마주 보고 앉은 아이들은 이내 희끄무레한 얼굴선이 보이자 종종 히죽히죽 웃어 대곤 했다. 그러나 대화를 해서는 안 되었다. 사공이 이 강에서는 절대 큰 소리를 내서는 안 된다고 이미 몇 차례나 주의를 준 바였다. 상기된 얼굴의 말 없는 아이들이 탄 작은 나무배가 강 위를 떠간다.

짙은 밤 아마존 강과 같은 그 강 위, 몇몇의 작은 나무배에 실려 가는 아이들. 사공들이 노를 저으며 밤의 강을 오고 가고 서로 손짓을 하며 말을 전한다. 한 사공의 움직임에 작은 나무배가 강 가장자리에 가서 붙는다. 맹그로브가 숲을 이룬 그 경계에서 작은 반딧불이가 날아오르자 저 멀리 아이들의 탄성 소리와 작은 웅성거림이 들려왔다. 곧이어 수천의 반딧불이가 맹그로브 여기저기를 날며 맹그로브 숲을 밝혔다. 칠흑 같은 밤, 아이들의 얼굴이 보였다. 그중 한 아이가 맹그로브로 손을 뻗자 작은 나무배가 살짝 기울어졌다. 사공은 이내 배를 움직여 더 가까이 더욱 가까이 맹그로브로 다가갔다. 아이는 안경을 치켜올리며 눈을 떼지 못하고 맹그로브 안으로 얼굴을 파묻었다. "와!" 아이의 탄성이 작게 메아리쳤다. 그 배는 한동안 강 위에 멈춰 서서 둥둥 떠 있었다. 고요한 강 위, 이리저리 고개를 돌리며 작은 불빛들을 쫓는 아이들의 발그스름한 얼굴이 동동 떠다닌다.

배에서 내린 우리는 다시 짙은 어둠 속을 걸었다. 그때 그 아이가 내게 다가와 말을 붙였다. 저는 아이돌을 좋아해요. 그래? 하고 나는 말했다. 그러자 아이는 서둘러 내 발걸음을 따라 걸으며, 실은 그보다도 곤충을 정말 좋아한다고 했다. 이렇게 많은 곤충을 본 것은 태어나서 처음이에요. 정말 환상적이었어요. 아이의 얼굴은 말할 수 없이 가득한 웃음뿐이었다. 아이는 가벼운 발걸음으로 나를 앞질러 걸으며 말을 이었다. 저는 정말 곤충 박사가 될 수 있을 것 같아요. 파브르가 될 거예요. 짙은 밤 속에서 아이가 달려간다.

개들의 배

타국에서 지낼 때 내가 머물던 어떤 동네에는 개가 많았다. 주인 없는 혹은 어디서 온 지 모를, 성인의 허리 근처까지 오는 큰 개들이 사람들과 함께 거리를 걸어 다녔다. 털이 듬성듬성 빠진 개도 있었고, 이빨이 매서운 개도 있었다. 그러나 표정은 영락없는 도시 개들의 표정이었다. 그들은 무심한 얼굴로 도로 여기저기를 둘, 셋씩 무리 지어 다녔다. 그러나 깡마르고 털 없는 모습 때문인지 그 무리들이 다가올 때면 사람들은 살짝 뒷걸음질을 치거나 눈에 안 띄게 거리를 두고 걸었다. 그들은 왕처럼 거리를 활보했다. 종종 가볍게 뛰기도 하고, 내키는 대로 쓰레기를 흩트리거나 아무 곳에나 가서 드러누웠다. 그러나 결코 크게 짖거나 먼저 달려드는 일은 없었다.

거리에는 워낙 그런 개들이 많았기 때문에, 동네에 온 지 얼마 안 된 낯선 이가 아니라면 대부분의 사람들은 항상 심드렁하게 그 개들을 대했다. 사람처럼 생각하는 모양이었다. 사람들과 개들은 서로 무심하게 거리를 활보하고, 조깅을 하며 지나치거나 각자의 걸음대로 서로 나란히 걷기도 했다. 나도 처음 그 동네에서 그들과 마주쳤을 때는 약간의 두려움이 들어 조금 뒷걸음질을 치거나 가던 길을 주저하고는 했지만, 어느 순간부터 나 또한 그 개들과 나란히 길을 걷고 있었다. 오히려 내가 두려워했던 것은 이웃집에 사는 작은 개였다. 거리의 개들은 모두 크고 검으며 매서운 얼굴을 지니고 있었지만 그 누구도 나에게 달려든 적이 없었다. 그저 무심할 뿐이었다. 그러나 이웃집의 작은 개는 나를 보면 무엇이 그리도 화가 나는지 자주 짖었다. 그리고 어느 날 결국 내게 달려들었다. 거리의 개들은 결코 큰 소리를 내는 법이 없었다. 도리어 그들은 어느 집에 잘못 들어가면 누군가의 발 구르는 소리에도 고개를 흔들며 도망을 쳤다.

그러던 어느 날 나는 거리의 개들이 한데 모여 어딘가를 쳐다보며 큰 소리를 내는 것을 들었다. 어느 골목에서 무언가 들어오는 모양이었다. 엔진 소리가 들리며 곧이어 트럭 한 대가 들어왔고, 개들의 소리는 더욱 커졌다. 나는 그들이 그토록 사나운 목소리를 지니고 있었는지 전혀 알지 못했다. 그들의 소리는 두려움 없이 다녔던 나의 지난날들을 생각할 때 몸서리가 쳐질 만큼 사나운 소리였다. 트럭이 가까이 올수록 개들은 절규하듯 소리치며 뒷걸음질을 쳤고, 이내 누군가 던진 그물에 하나둘 사라져 갔다. 나는 멀리서도 보이던 그 사나운 얼굴에서 느껴지던 강렬한 눈을 잊을 수가 없다. 거리가 고요해지고, 개들이 모두 사라졌다. 갑작스러운 낯선 고요함에 왠지 그 얼굴들이 그리워졌다.

한 주 동안은 거리가 고요했다. 사람들은 여전히 무리 지어 조깅을 하고, 나는 여전히 그 거리를 걸었다. 날은 계속 더웠고 달라진 것이라곤 단지 무언가를 잃은 허전한 풍경뿐이었다. 그러나 곧 거리는 다시 채워졌다. 그들이 돌아온 것이다. 다시 그 트럭이 나타났고, 이상하게도 그 트럭에서 개들이 내렸다. 주사를 맞았다는 이야기도 얼핏 들었고, 어떤 치료를 받았다는 이야기도 어디선가 들었다. 개와 사람을 위해서 어떤 조치를 종종 취하는 모양이었다. 트럭에서 내린 개들이 이전과 같은 개들인지 다른 개들인지는 알 수 없으나 개들은 트럭에서 내려 다시 거리를 걷기 시작했다.

거리는 다시 개들로 채워졌다. 그러나 총총 걷던 그 개들은 모두 어디 갔는지 개들은 매우 사나운 얼굴을 하고 여기저기 서 있었다. 나는 그 개가 그 개인지 궁금하여 종종 멀리에서 그들을 힐끗힐끗 바라보곤 했다. 그 옛날 쫓겨난 광인들의 배처럼, 그들도 그 트럭을 타고 이리저리 떠돌아다녔을까. 개들은 시간이 지날수록 다시 무심한 얼굴이 되어 때때로 총총 뛰었다. 그러다가 또 한 번의 트럭이 오면 아주 가끔 큰 소리로 짖고 한동안 거리가 잠잠해지다가, 다시금 개들이 돌아왔다. 그들이 돌아올 때면 나는 그물에 사로잡힌 그들의 눈과 트럭이 떠나고 고요해진 골목을 생각했다. 그러다 이내, 저 멀리 걸어가는 그들의 걸음 속에서 제집에 돌아온 이를 볼 때의 작은 반가움을 느끼며 가던 길을 재촉했다.

아빠의 편지
가을

'어디선가 네가 '아빠!' 하고 부르면 아빠는 정말 좋다. 때론 그 소리가 오래도록 귓가에 맴돌며 긴 여운이 가는 것을 보면, 내가 너를 많이 사랑하는 것 같구나.

너는 태어날 때 글 쓰는 재주를 갖고 태어난 듯하구나. 최선을 다해 노력해 보거라. 그런데 너무 자신에 대해 고뇌하지는 말기를 바란다. 글이란 사람의 마음에 씨를 뿌리는 일이라고 생각한다. 우리가 잊고 사는 삶의 본모습을 찾아 주는 작업이야말로 가장 필요하고 중요한 것이 아닐까 하는 생각이 든다. 입에서 나오는 말은 때론 원치 않아도 숨길 수 없을 정도로 사람의 영혼을 담아내지만, 문장에 혼을 담아 그것을 글로 살려 내는 것은 무척 어려운 작업이라고 생각한다. 아빠는 글로 생명을 전할 수도 있다고 생각한다. 그런 글을 쓰려고 몸부림치는 네 모습이 안쓰럽기도 하고 대견하기도 하구나. 딸아, 너의 글이 길을 찾는 사람들의 작은 빛이 되었으면 좋겠다.

글을 쓰는 너의 고통을 보면 정말 안쓰럽단다. 그러나 그런 네 글이 누군가의 위로와 기쁨이 된다면. 생각만 해도 너무 기쁘고 가슴이 벅차오르는구나. 힘을 내면 좋겠다. 실패해도 괜찮고 울어도 괜찮다. 너의 삶을 응원한다.

내가 너의 아빠인 것이 정말, 자랑스럽구나.'

아빠가

갯바위

　중년의 남자가 새까만 바위 끝에 서서 아주 작고 빨간 새우들을 발 앞에 쌓아 두고 낚시를 한다. 보기만 해도 짠 내가 나는 까만 눈의 작은 새우들이 남자의 발끝에 모여 누워 있다. 짙푸른 파도가 바위에 거세게 몰아친다. 하얀 물보라가 새까만 바위에 여기저기 흩어진다. 남자가 힘차게 낚싯대를 잡아당긴다. 팔뚝만 한 푸른 대어가 온몸을 세차게 흔들며 바늘 끝에 걸려 올라온다. 와, 하고 주변에 선 사람들이 소리친다. 새까만 바위에서 푸른 대어를 든 남자가 웃는다.

불면의 밤

내가 밤을 두려워하기 시작한 것은 서른이 훌쩍 넘어서였다. 불면이 심한 탓이었다. 오래전부터 겪어 온 불면이었지만 나이가 점점 들어 가며 아예 잠을 이루지 못하는 날이 많아졌다. 많은 사념 때문이었다.

모두가 잠든 밤, 사람들의 경쾌한 목소리, 짧은 소음은커녕 벌레 발자국 소리, 공기 소리마저 밀폐되어 사라져 버린 것 같은 어두운 밤에, 홀로 뜬 섬의 어느 등대처럼 내 방만 외로이 불을 밝히고 있다. 모든 것이 잠들어 죽은 듯한 고요가 일렁이다가, 누군가의 분주하고 작은 발자국 소리가 먼 곳에서부터 복도를 따라 스쳐 지나가고, 곧이어 차의 시동 소리가 하나둘 들려오며 다시금 경쾌한 사람들의 말소리가 들려오면 내 곁에는 조수처럼 밀려들고 떠나가는 불안과 함께, 지친 밤이 오래도록 남아 있다. 모든

것이 사라지고 나만 남은 듯했던 밤이 또다시 지나간다. 나의 끝
나지 않는 긴 하루가 영원히 이어진다.

웨이터의 얼굴

어느 나라에 갔을 때 이야기이다. 고작 며칠 머물다 갈 곳이었지만 너무 복잡한 마음과 복잡한 상황을 지닌 채 홀로 간 곳이었다. 밤중에 뚝 떨어지다시피 도착했기에 어느 친절한 형제를 만나지 못했더라면 나는 밤새도록 어딘지 모를 거리 한복판을 돌고 또 돌았을지도 모른다. 낯선 나라의 밤은 언제나 큰 두려움을 주는 법이었다. 나는 어린아이처럼, 어딘지 모를 환한 밤거리를 몇 차례나 돌고 또 돌다가 결국 택시를 잡아타고 낯선 아파트 단지로 들어섰다.

날이 밝자마자 나는 도시를 걸었다. 낯선 도시가 점차 눈에 익으며 나는 식사도 거르고 종일 걸었다. 그날 해가 질 때까지 정처 없이 걸으며 보았던 수많은 풍경은 모두 금방 잊었다. 그러나 그날, 별안간 어느 다리에 멈춰 서서 이유 없이 찍었던 나의 얼굴에

남은 그때의 복잡한 감정들은 여전히 내 기억에 선명하다. 견딜
수 없는 외로움과 고단함을 안고 간 나라였다.

　며칠 뒤 나는 그곳을 떠나기 전 마지막 식사를 앞두고 어느 오
래된 호텔 앞에 잠시 멈춰 섰다가 그 안으로 발길을 옮겼다. 매우
고풍스러운 호텔이었다. 호텔의 하얀 통로를 걷다 보니 끝이 빳
빳한 정장을 입은 한 남성의 젠틀한 목소리가 들려오고, 화려한
옷을 입은 유럽인들이 호텔 안 낙원처럼 펼쳐진 야외 가든의 바
에 앉아 있는 것이 보였다. 까맣게 탄 얼굴에 큰 배낭을 멘 나는
오랜 손빨래로 늘어질 대로 늘어진 줄무늬 옷을 입고는 어깨가
한껏 늘어진 채 호텔 한복판에 서서, 모든 낯선 풍경을 바라보고
있었다. 그곳에 한참을 서 있었던 것 같다. 나는 새소리와 물소리
가 나는 가든을 지나서도 한참을 호텔을 떠나지 못한 채, 그 주변
을 맴돌고 또 맴돌았다.

　그러다가 호텔 어딘가에 있는 레스토랑 앞에 섰다. 오래된 나
무 문이었으나 쉽사리 문을 열기 어려운, 꽤나 고풍스러운 나무
문을 가진 레스토랑이었다. 나는 내가 지닌 돈 몇 푼을 생각하며
잠시 짧은 숨을 쉬었다가, 언제든 돌아 나올 생각을 하며 레스토
랑 문을 열었다. 클래식이 경쾌하게 흘러나오고, 사람들의 낮은

웅성거림이 노래처럼 들려왔다. 다양한 피부색이 어우러져 있었다. 모두 경쾌하면서도 격식을 갖춘 차림의 즐거운 얼굴들이었다. 그곳에서 그토록 낯선 옷차림의 어린 여자는 나 하나뿐이었다. 내가 문을 열고 들어서자 어색한 기운이 잠시 흘렀으나 나는 어색함을 헤치고 서둘러 어느 빈 테이블로 가서 앉았다. 그저, 이방인 같은 모든 생각은 잠시 멈추고 싶은 마음뿐이었다.

번듯한 정장을 입은 웨이터들이 꼿꼿이 세운 고개를 이리저리 돌리며 즐거운 미소를 띠고 있었다. 무슨 까닭인지 나는 그때 레스토랑의 풍경을 둘러보다가 문득, 그간 애써 지우려 하던 이방인의 처지에 대해 생각하게 되었다. 그리고 머지않아 그 생각에 떠밀려, 오래도록 억누르던 내 안의 수많은 감정들이 한순간 무참하게 밀려들어 오는 것을 느꼈다. 그것은 나의 행색 때문도 그 나라 때문도 아니었다. 아무 이유 없이 갑작스레, 그간의 견딜 수 없던 외로움과 고단함이 산사태처럼 무너져 갔다. 더욱이 그 순간 나는 나 자신을 저버리고 있었다. 처참했다. 나는 모든 것에 너무나 지쳐 있었다는 것을 그제야 깨닫게 되었다. 도망치고 싶었다.

그때 어느 웨이터가 밝은 걸음으로 내게 걸어왔다. 그는 내게 미소를 띠며 말을 건넸다. 그런데 놀랍게도 그 목소리가 괴로운 감정의 수렁에 빠진 나를 일순간 끌어올렸다. 나는 그 목소리에 매료되어 불현듯 경쾌하게 답을 하고 말았다. 고개를 들어서 본 그의 얼굴은 어쩐지 정오의 해를 보는 것 같았다. 내가 이제껏 본 얼굴 중 가장 아름다운 얼굴이었다. 그는 메뉴판을 건네며 내게 계속 말을 걸었다. 어느 나라에서 왔는지, 여행은 어떤지, 오늘 하루는 어땠는지 내게 물었다. 나는 그 목소리에서 왠지 겨울 한낮의 해 아래에 있는 것 같은 따뜻함을 느꼈다. 그것은 정오의 해를 뒤편에 두고 운명처럼 마주한 어느 멋진 사람을 만난 것 같은 황홀한 느낌이었다.

사람들도 나와 같은 느낌을 받았던 것일까. 여기저기에 꼿꼿이 고개를 세운 멋진 웨이터들이 있었지만, 다들 가볍게 손을 흔들며, 나에게 왔던 그 웨이터만 찾을 뿐이었다. 그 웨이터는 물 위를 가볍게 걷듯 바쁜 걸음으로 레스토랑을 누비는 중에도 홀로 있는 나를 잊지 않고 틈틈이 챙겨 주었다. 그가 간 테이블은 잔잔한 물가에 던진 작은 돌처럼 경쾌한 웃음소리가 간간이 터져 나왔다. 그의 모습은 거짓이 없고 경쾌하며 아름다웠다. 화려한 모조품 속의 완벽한 진품 같아 보였다.

나는 가진 돈을 모두 털어서 코스 A를 주문했다. 집에 돌아갈 비용을 제외한 전부였다. 가벼운 애피타이저, 몇 가지의 따뜻한 메인 요리 그리고 가벼운 디저트로 이뤄진 코스 요리였다. 무거운 접시에 담긴 아름다운 애피타이저가 그의 아름다운 미소와 함께 내 앞에 놓였다. 나는 사람들의 낮은 웅성거림과 경쾌한 웃음들, 잔잔한 클래식 음악에 묻혀서 말없이 식사를 할 뿐이었다. 그러나 간혹 여러 얼굴들을 훑어보았다. 다양한 억양의 영어와 프랑스어, 간간이 독일어가 들려왔다. 모두 가격이 제법 나가 보이는 옷차림으로 둘 혹은 셋, 넷씩 앉아서 경쾌한 오후를 보내고 있었다. 홀로 앉아 식사를 하는 사람도, 지친 얼굴을 한 사람도 없었다. 그런 사람은 나 하나뿐이었다. 나는 주변을 둘러보다가 여러 상념에 사로잡혀 더욱 음식에 얼굴을 묻었다.

큰 고생을 하다가 느닷없이 온 나라였다. 어디를 가도 이방인인 삶은 결국 나를 잃어버리게 했다. 그 때문일까. 나는 지난 며칠을 정처 없이 쫓기듯 걸었고, 등에 짊어진 배낭이 짓누르는 무게가 그간 내 삶의 견딜 수 없는 피곤의 무게와 같이 느껴져 더욱 괴로워하며 걸었다. 나는 어쩌다 이렇게 수많은 낯선 곳을 홀로 헤매게 된 것일까. 며칠 내내 나는 그러한 마음에 매몰되어 결국 나를 잃어버린 듯한 마음을 곁에 두게 되었고 이렇게 처참한 마음으로 마지막 식사를 마주하게 된 것이다. 오래된 나무 문을 열고 레스토랑에 들어섰을 때 나는 이미 지칠 대로 지쳐서, 엉뚱하게도 다시는 이 나라를 오지 않겠다고 다짐하던 참이었다. 그때에 그 웨이터가 내게 다가온 것이다.

그가 내게 말을 건넸을 때 이상하게도 나는 그의 많은 말들과 함께 점차 다시금 마음이 단단해지는 것을 느꼈다. 그간의 외로움과 고단함에 빼앗겼던 많은 것들이 회복되어 가는 것을 느꼈다. 따뜻한 메인 요리를 앞에 두고 나는 그제야 의자에 등을 기댈 수 있었다. 식사가 계속될수록 어느덧 나는, 잃어버린 것 같던 나 자신으로 돌아가고 있었다.

무슨 이유인지는 모르겠으나, 나는 그의 말에서 도무지 무어라 설명할 수 없는 깊은 진심을 느꼈다. 그로 인해 결국 나는 식사를 즐거이 마칠 수 있었다. 식사를 마치고 웨이터를 부르자 어쩐 일인지 그는 없고, 저 멀리서 멋진 미소를 띠며 고개를 꼿꼿이 세운 풍채 좋은 웨이터가 다가왔다. 내가 찾는 그는 주방 어딘가로 들어간 모양이었다. 나는 계산을 마치고 잠시 머뭇거리며 주방을 몇 차례 힐긋거렸고, 결국 낮은 웅성거림과 뒤섞여 들려오는 클래식을 뒤로한 채 오래된 나무 문을 열고 레스토랑을 나왔다. 꿈을 꾼 것일까. 그러나 나는 다시 어깨를 펴고 힘찬 걸음으로 걸었다. 나는 길을 걸으며 그의 얼굴을 떠올렸다.

　그는 테가 없는 안경을 쓰고 있었다. 그의 말끔한 정장 속 하얀 와이셔츠는 창 가득 들어오는 해를 받아서 더욱 따뜻하게 보였다. 그 얼굴의 왼쪽 면은 어쩐지 잘 기억나지 않는다. 하지만 오른쪽 면은 기억이 선명하다. 심한 화상을 입었는지 얼굴의 절반이 붉은 화상 자국으로 뒤덮여 있었다. 붉은 자국이 선명했다. 그러나 그의 미소는 너무도 아름다웠다. 나만 그렇게 느끼는 것이 아니었다. 그곳에 있는 모든 사람들이 손을 들어 그를 찾을 만큼 그의 미소는 너무도 아름다웠다. 그가 간 곳은 꽃이 피듯 즐거운 웃음들이 피어올랐고 그 소리들은 강가의 새소리처럼 사방으로 퍼져 갔다. 그토록 진실하고 따뜻한 미소는 이제껏 본 적이 없었다.

　어떤 영문인지 몰라도 그 얼굴은 나의 모든 기억을 투영하고 있었다. 나는 그의 미소에서, 나를 사랑하며 기억하는 수많은 사람들의 얼굴을 마주하게 되었다. 참 이상한 얼굴이었다. 많은 이의 얼굴이 그의 다정한 얼굴을 통해 나에게 걸어왔다. 그리고 마침내, 저 먼 곳으로 떠난 줄 알았던 내가 걸어와 나를 끌어안았다. 그의 얼굴 안에서 나의 이방인의 삶이 비로소 완성되었다. 그는 그런 얼굴을 갖고 있었다.

그의 얼굴은 한국에 돌아온 후에도 이상할 만큼 오래도록 기억되었다. 나는 결국 오랜 시간이 흐른 후 사랑하는 사람들과 함께 다시 그 나라를 찾아갔다. 그 호텔 근처에 도착했을 때 나는 마음이 뛰었다. 사랑하는 이들과 함께, 그때 그에게 말하지 못했던 고맙다는 인사를 꼭 전하고 싶었다. 그러나 레스토랑이 있던 자리로 달려갔을 때, 레스토랑은 문을 닫았는지 그 자리에는 아무것도 없었다. 나는 마치 꿈을 꾸었던 듯 레스토랑이 있던 그 자리에 한참을 서 있었다. 그는 지금 어디에서 어떤 모습으로 살고 있을까. 이 글을 그에게 보낸다.

첫 통화

첫 통화였다. 선생님을 대학에서 마지막으로 뵙고 십 년만이었다. 전화를 해야겠다고 생각할 때부터 맥박이 빠르게 뛰기 시작했다. 연락처에서 번호를 찾을 때쯤에는 맥박이 두 배로 뛰기 시작했고, 통화음이 울릴 때는 맥박 소리만 요란하게 귓전에 울렸다. 통화음이 세 번 울리자 이내 저편에서 누군가 전화를 받았다. "여보세요?" 하는 나의 서먹한 목소리가 무색하게도 전화 저편에서는 "예랑이냐!" 하는 반가움에 겨운 큰 목소리가 들려왔다. 그때부터였다. 말도 못 할 기쁨이 밀려왔다. 아무리 하고 싶은 말이 산을 이루어도 선생님을 생각하면 긴장부터 될 만큼 그동안의 십 년은 너무 긴 세월이었다. 그러나 "예랑이냐?" 하는 그 말은, 그 모든 간극을 일순에 무너뜨려 버렸다. 선생님은 그 오랜, 텅 빈 세월에도 나를 선명하게 기억하고 계셨다. 나에게 그것은 이루

말할 수 없는 감격이었다. 나는 "선생님!" 하고 소리쳤다.

"단편이냐?" 선생님이 내게 물어보셨다. 내가 다시 글을 쓰게 되었다는 말 때문이었다. "아니요." 그러면서 나는 보이지도 않는 전화 너머에서 고개를 숙였다. "그런데 소설을 쓰고 싶어요."라고 나는 답했다. 나의 그 말에 선생님은 불현듯 또렷한 음성으로, 내가 기억하던 옛 시절의 음성으로 소설에 관해 힘 있게 무언가 말씀하시기 시작했다.

나는 대학을 다닐 때에도 선생님과 많은 대화, 오랜 대화를 나눈 적이 없었다. 더군다나 그 모든 기억은 이미 십 년이 지난 후였다. 그럼에도 나는 왠지 모르게 선생님의 십 년 전 목소리의 많은 부분을 기억하고 있었다. 나는 어느덧 서른이 훌쩍 넘었다. 선생님 또한 여든을 바라보고 계셨다. 많은 시간이 흘렀기 때문일까. '시간은 두 번 발을 담글 수 없는 흐르는 강물과 같은 것'이라 말씀하셨던 선생님의 말씀처럼 전화 너머 선생님의 목소리는 그분이 얼마나 거대한 시간의 강물 안에 거하고 계셨는지를 짐작케 했다. 그 목소리는 어떤 슬픔 같은 것이 느껴질 만큼 나이 든 사람의 목소리였다. 그러나 소설에 관한 이야기를 시작하신 선생님의 음성은 십 년 전 그때 그 음성 그대로였다. 그 목소리는 유독 생생하고 아름다웠다.

"소설은 얕잡아 보고 무시해야 한다. 우습게 알아야 해. 소설은 거룩한 것이 아니다. 너무 두려워하지 마라. 그러면, 쓸 수 있다." 그것은 소설이라는, 글이라는 거대하고 거룩한 것에 평생토록 짓눌리고 떨며 동경하고 멸시 받으면서도 끝내 떠나지 못한 채 온 생애를 그 주변을 맴도는 나의 운명에 대한, 어쩌면 선생님의 운명에 대한 고무이자 독백일 것이었다.

나에게 시대를 담은 글을 쓰라고 했던 분은 선생님이었다. 진실한 글을 쓰라고 했던 분 또한 선생님이었다. 나는 선생님의 그 말씀에 아무 것도 쓰지 못한 채 지난 십 년을 짓눌린 터였다. 선생님 또한 평생을 그렇게 글과의 운명에 얽매이고 짓눌리며 살아오셨을 것이다.

나는 문득 선생님이 98년에 쓰신 소설 서문을 생각했다. '여러 해 동안 소설을 못 쓰거나 안 썼다. 쓰는 일의 즐거움과 고통으로부터 도망쳐 소설의 문밖에 서 있었다.'[1] 또한 2004년 소설집 서문에서 선생님은 그런 말을 쓰셨다. '나는 이렇게 소설의 문밖에 서 오래 서성거리고 있었다. 망설임과 한눈팔기가 오래 지속되고, 나는 죄의식의 무게를 감당할 수 없어서 스스로 처벌을 받고

---

1 서종택, 백치의 여름 (나남, 1998)

자 잘못에게 벌을 구하는 라스콜리니코프, 혹은 무엇 때문에 자신이 고발 당한지도 모르고 자신의 생애와 과거를 돌아보며 자신의 죄를 찾아 헤매는 K처럼 다만 소설 앞에서 나의 실존을 두려워하고 있었다.'[2] 그 서문 말미에서 선생님은 어머니와 아우를 며칠 상간으로 떠나보내며 '나는 그때 시작과 끝을 짐작할 수 없는 어떤 이야기들이 안개 속을 헤치고 나에게 가까이 다가오는 소리를 들었다'[3]라고 적으셨다. 나는 선생님의 서문을 읽으며 어쩐지 마음이 저며 와서 고개를 숙였다. 선생님은 글을 대하는 선생님의 생을 언제나 권태 혹은 직무 유기라고 말씀하셨다. 하지만 그것이 실은 그 누구보다 열렬한 '구애'의 마음이자 절실한 '허기' 속에서 비롯된 말이었음을 나는 이제 와서야 알게 되었다. 소설은, 글은 선생님과 내게 그토록 어려운 것이었고, 또한 그토록 원하고 바라던 어떤 것이었다.

통화가 끝날 때쯤 선생님이 내게 물으셨다. "너 이제 몇 살이냐." 나이를 말씀드리자 선생님은 나직한 목소리로 내게 말씀하셨다. "환상적이구나." 첫 통화는 그렇게 끝이 났다. '환상적이구나.' 전화를 끊은 후에도 선생님의 그 말씀은 홀로 숲에 잠잠히 서 있으면 들려오는 나무의 소리처럼, 오래도록 귓가에 맴돌았다.

---

2 서종택, 원무 (나남, 2004), 13쪽.
3 서종택, 원무 (나남, 2004), 14쪽.

범

나는 범을 좋아한다. 범에게는 공포 그 이상의 것이 있다. 범은 제 스스로 범이라 하지 않는다. 그러나 그 숨만으로 모든 것을 제 압한다. 그 자체가 위엄이고 산천이다. 겨울밤같이 고요하고 두려운 것이 범이다. 그 존재만으로도 모든 것에게 살아 있음을 느끼게 하는 존재가 범이다.

나의 모든 사념의 방책 어딘가에는 범이 있다. 간간이 마음이 산란할 때면, 혹여 눈물 지을 일이 생기면 나는 깊은 숲의 어느 범을 떠올린다. 범은 개처럼 짖지 않는다. 범은 섣불리 제 모습을 드러내지 않는다. 범은 소란스레 무리를 짓지 않고 스스로를 가엾게 여기지 않는다. 범은 서두르지 않으며 때가 찰 때까지 숨을 아낀다. 그 존재만으로도 충분한 것, 그것이 범이다. 나의 사념의 방책 어딘가에 언제나 범 한 마리가 있다.

고행자의 발걸음

어느 타국에 살 때, 나의 집 앞 대로는 힌두교 고행자의 길 중 하나였다. 저녁을 먹고 집으로 돌아가는 길, 저 먼 다리 밑에서 커다란 황금 수레와 수많은 사람들의 행렬이 보이기 시작하면 나는 서둘러 걸음을 재촉했다. 내가 골목 어귀에 도착할 즈음이면 수많은 고행자의 무리가 집으로 가는 골목 어귀로 서서히 다가왔다. 어디서부터 출발하는지는 알 수 없으나, 황금 수레를 끌고 오는 고행자의 무리는 이곳을 지나서 훨씬 더 먼 목적지까지 한참을 걸어가야 했다. 나는 그 행렬을 보기 위해 아이처럼 발걸음을 서둘렀다. 고행자의 순례 행렬이 내 앞을 지나가면 나는 한참을 그 길목에 서서 끝이 보이지 않는 그 행렬을 지켜보았다. 요란스러운 소리와 함께 황금 수레를 끄는 사람들, 황금 수레에 탄 사람들, 꽃을 들고 그들의 뒤를 따르는 사람들, 상기된 얼굴의 아이들과 사람들이 내 앞을 지나간다.

황금 수레 앞에는 자신의 등에 갈고리를 꽂고 온 힘을 다해 황금 수레를 끌고 가는 사람이 있었다. 고행자의 등과 벗은 발, 일그러진 얼굴. 그러나 도무지 알 수 없는 그 슬프고도 기쁜 눈. 나는 그 모든 것을 행렬 가까이에서 지켜보았다. 그는 온몸을 있는 대로 앞으로 기울이고 소처럼 목을 길게 뺀 채 수레를 끌었다. 그는 진한 꽃향기와 향냄새를 이끌고, 온몸을 뚫는 고행을 하며 수레에 앉아 있는 이들을 이끌고, 끝이 보이지 않는 황금 길을 앞장서 걷고 있었다. 환희와 고통과 흥분의 얼굴을 한 채 눈물과 숭고와 비참함이 뒤섞인, 무어라 말할 수 없는 그 긴 행렬을 이끌고 있었다. 모든 것을 내려놓기 위해 모든 것을 짊어지며 일그러진 얼굴로 앞장서 걷고 있었다. 그 뒤를 따르는 이들의 들뜬 얼굴과 발걸음은 끝이 없었다.

황금 수레가 지나가면 나는 고행자의 등을 보며 고통을 느꼈다. 그러고는 멀어져 가는 황금 수레를 뒤로한 채 서둘러 집으로 돌아갔다. 고행자들은 밤이 새도록 그 길을 걸어서 목적지에 도착했다. 다음 날 아침이 밝으면, 길에는 아무도 없었다. 그러나 고행자의 발걸음이 지나간 모든 길에는 진하게 뒤섞인 꽃의 향기와 향냄새, 종이 조각들이 발자국처럼 남아서 고행자의 걸음을 기리고 있었다. 아침이면 나는 그 길에서 여러 감정을 느꼈다. 황금 수레는 무엇을 싣고 어디로 도달했을까.

어떤 이의 이력과 생애

한 페이지 빽빽이 가득 찬 어떤 문인의 이력과 생애를 보며 이 짧은 생을 어찌 이리도 열심으로 살았을까 싶은 생각이 들다가 사람의 그 복잡한 생이, 이토록 대단한 이의 짧은 생이 종이 한 장밖에 되지 않는다는 것이 문득 서글퍼졌다.

나는 어릴 적, 나의 장례식을 자주 상상하곤 했다. 어릴 적 상상 속 나의 장례에는 많은 조문객이 찾아왔었다. 그러나 나이가 점차 들며 점점 상상 속 나의 장례의 조문객은 줄어 가고, 좀 더 나이가 들어서는 간혹 텅 비고 쓸쓸한 나의 장례식 풍경을 상상하고 있었다. 먼 훗날 나를 기억하는 사람이 몇이나 있을까. 참 쓸쓸한 상상이었다.

나는 어떤 사람으로 기억될까. 나이가 들수록 그 생각은 언제나 나를 부끄럽게 했다. 이룬 것이 아무리 많다고 할지라도 간추려 적으면 종이 한 장 채 되지 못할 만큼 짧은 것이 사람의 생인데, 나는 생전에 어떤 삶을 살아가고 있는 걸까. 지금의 삶을 생각하면, 나 죽은 후 내가 듣지도 보지도 못할 나의 장례식 풍경이 점차 더욱 민망하게 느껴진다.

언젠가 마칠 나의 이력과 생애를 떠올릴 때, 나는 과연 이름 외에는 적을 것이 있을까 하는 생각을 한다. 많은 이에게 오래도록 불리던 나의 이름, 나는 그것 외에는 참 보잘것없이 살았다. 나의 장례식에는 누가 올까.

답장

    글에 관해 너무 많은 것을 염려하던 지난 며칠이었다. 유독 염려와 슬픔이 많은 어느 날 밤, 나는 또다시 선생님께 편지를 보냈다. '선생님, 건강은 어떠신지 궁금합니다'로 시작한 나의 편지는 두 시간이 다 되어 가도록 좀체 마무리되지 못하고 있었다. 머리를 조아리고 쓰는 한 문장 한 문장이었다. 이 작은, 첫 산문집 때문이었다. 나는 편지에 나의 그간의 삶에 대해 많은 말들을 써 내려갔다. 또한 글로 인해 여전히 들끓는 두려움에 대해서도 써 내려갔다. 그렇게 한참을 많은 말을 쓴 후에야 나는 겨우 편지를 마칠 수 있었다.

    '글을 쓰다 보니 선생님에 관한 이야기를 쓰게 되었습니다'로 시작되는 편지였다. 많은 이야기들이 홍수처럼 쏟아졌다. 나는 글을 쓰면 쓸수록 타인의 삶을 통한 나의 경험과 사유들 그로 인해 파생된 나의 글들에 관해 큰 책임을 느끼고 있었다. 그리고 그 책임에 완전히 짓눌려 있었다. 스스로를 향한 오랜 질문과 검열에 지쳐 있었다. 내가 누군가의 삶을 논할 수 있는가 그 질문은 결국 스스로에게 나는 무엇을 말하고 싶은가에 대해 끊임없이 묻게 했고, 나는 아무래도 답을 찾지 못한 채 벗어날 수 없는 굴레에 매여 제자리만 맴돌고 있었다.

그 편지는 물음과 또 물음뿐이었다. '선생님, 제가 선생님에 관한 이야기를 써도 될까요? 타인의 이야기를 써도 되는 걸까요? 어떤 마음으로 글을 써야 할까요? 이 모든 물음에 도무지 갈피를 잡지 못하겠습니다.' 그러면서 나는 고개를 숙이고 그렇게 덧붙였다. '선생님, 제 물음이 너무나 부끄럽고 어리석지만, 이 고민의 과정과 뜻을 선생님께서 분명 이해해 주실 것이라 생각합니다. 선생님, 부끄럽습니다.'

산문이란 무엇인가 또, 글이란 무엇인가, 그것을 생각하면 할수록 글을 쓰면 쓸수록 나는 두려움이 앞서고, 스스로 아둔한 사람이 된 것 같다고 그렇게 써 내려갔다. 나는 글에 대해 도무지 무엇인지 모를 생각과 혼란에 빠져 선생님께 하염없이 하소연을 하고 비통에 빠져서는 '글의 책임은 무엇인지, 글이란 것은 무엇인지, 저의 생각과 혼란들에 대해 다시금 선생님께 가르침을 구합니다. 제게 글을 가르쳐 주시는 분은 선생님뿐입니다.'라는 말을 적으며 그 긴 편지를 마무리 지었다. 편지 말미에 '제자'라는 말을 쓰면서 나는 그만 고개를 숙였다.

며칠 뒤, 답장이 왔다. 이제껏 받았던 답장과 달리 꽤 긴 답장이었다. 그런데 나는 그만 첫 줄부터 울고 말았다.

'잘 지내고 있구나. 글쓰기의 두려움은 글을 써야 할 사람들의 기본 정서다.' 그러면서 선생님은 말씀하셨다. '하지만 그런 자의식을 너무 깊이 하지는 말았으면 한다.' 그 말에, 작은 파도처럼 들썩이며 울던 나는 결국 큰 소리로 울고 말았다. '그까짓 거! 위험하기는 하지만 이런 뚝심으로 글 앞에 앉아라.' 선생님의 문장은 나의 두려움을 다독이고 내게 용기를 전하고 있었다. 나는 선생님의 문장들 앞에서 점차 고개를 들었다. 그러면서 편지 말미에서는 내 안에 떠오르는 새벽 해를 보았다. '너의 생각과 기술은 이미 면허증 수준이니 이제는 눈치 그만 보고 써라. 이건 격려가 아니고 권장이다. 삶의 부적절함이 우리를 쓰게 한다.'

선생님은 마지막으로 내게 이런 말씀을 하셨다.

'세상에 너무 미안, 겸손할 거 없다. 써라.'

그 답장 아래에는 연이어 짧은 답장이 하나 더 와 있었다. PS. 라고 적힌 메일이었다. '너의 글쓰기에 동원되지 못(않을)할 것들은 없다. 글 못 쓰는 내 욕도 많이 해라.' 나는 그 말에 그만 크게 웃고 말았다. 나의 선생님. 그의 변하지 않는 사랑과 믿음에 나는 다시 글 앞에 앉아 선생님의 말씀 따라 다시 글을 쓴다.

해방
그 끝

그날은 밤의 공기가 느껴졌다. 해가 떨어질 때쯤부터 놀랍도록 피곤이 몰려왔다. 그간 밤의 공포까지 느끼던 나에게 그것은 경이로운 일이었다. 나는 그 피곤을 즐기며 깊은 잠에 빠져들었다. 광야의 시간, 욥의 시간이 끝난 것이다.

메마른 광야의 끝에는 무성한 초목이 있지 않을까 하는 생각을 했었다. 혹은 환희의 언덕, 축배의 강물이 가득할 줄 알았다. 그러나 광야의 끝에서 내가 느낀 것은 도약의 잔잔한 환희였다. 오래도록 속박되었던 새의 힘찬 날갯짓처럼 나는 크게 울었고 그 후 광활한 하늘을 잔잔히 가르듯, 평안에 거했다. 그것이 나의 오랜 광야 여정의 마지막이었다.

내 안의 오랜 불안과 슬픔은 때론 돌과 같았고 때론 진흙과 같았다. 아무리 부수고 퍼내도 더욱 깊은 속박뿐이었다. 그렇게 나는 오래된 불안과 슬픔과 동행하며 삭막하고 공허한 광야의 길로 들어섰다. 지표도 없고 인적도 없는 그 쓸쓸함 속에서 나는 오로지 불안과 슬픔의 그림자만을 지고 종일토록 걸었다. 이리 떼처럼 나를 둘러싼 고독에 사로잡혀 짓눌리고 다투며 싸우고 패배했다. 어느 날 객처럼 찾아온 불안과 슬픔은 도통 나를 떠나려 하지 않았고, 나는 불안과 슬픔을 날마다 눈물로 대접했다. 그러면서 오래도록 광야를 걸었다. 나의 겨울은 끝이 없는 것 같았다. 그 사실이 나의 발을 더욱 피곤하게 만들었다. 탄식이 호흡처럼 쏟아졌다. 그러나 그 끝은 있었다. 어느 날 새벽, 나는 마침내 그 끝에 도착했다.

　부지불식간이었다. 광야의 끝에 선 나는 아이처럼 울었다. 놓임의 환희는 생의 숨결처럼 찾아왔다. 죽은 자에서 산 자가 되는 것 같았다. 그 환희조차 고독했지만, 그것은 아무래도 상관없었다. 모든 죽음으로부터의 해방이었다. 그러면서 나는 모든 격노의 바위, 불안의 모래, 슬픔의 진창에서 다시금 새롭게 태어남을 느꼈다. 불안과 슬픔의 시간은 공허하고 헛된 시간이 아니었다. 그 모든 것은 깎이고 다져져 나의 토지가 되었다.

광야의 끝, 나는 단단한 땅 위에 서 있었다. 발밑의 단단함을 느끼듯, 마음의 땅의 단단함을 느꼈다.

마침내 나는 모든 것에서 해방되었다.

아빠의 편지
봄

'나의 사랑하는 딸아.

아빠도 젊을 적, '어떻게 살아야 하나?' 고통과 고민의 시간을
많이 보냈단다. 좀 더 잘해 보려는 무모한 욕심과, 항상 도전해도
늘 넘어지는 현실 사이에서 '아, 나는 아무것도 아니구나' 하며
무력감을 갖고 혼자 있는 시간을 많이 가지다 보니, 네가 자랄 때
함께 있어 주고 함께 놀아 주지 못해서 정말 미안하구나. 딸아,
아빠를 용서해라.

네가 겪는 고통과 고민의 시간, 그리고 네가 겪을 고통과 고민
의 시간들을 생각하면 마음이 많이 아프지만 너무 두려워 말고
힘을 내거라. 아빠가 잘 살지는 못해도 너의 고민 속에 가려진 그
길을 앞서 걸어 보았기에, 비록 그것이 실패 속에 가 본 길일지라

도 용기 내어 네게 응원의 말을 전한다. 아빠의 경험이, 그로부터 배운 지혜가 너의 삶에 도움이 되면 좋겠구나.

딸아, 네가 자랑스럽구나. 오래전, 타국에 남을 네게 썼던 편지가 기억난다. 그때, 너는 사회와 타국과 모든 생활의 초보자니 걱정하지 말라고, 초보자는 틀리거나 몰라도 누구도 뭐라고 하지 않는다고 썼던 것이 생각난다. 그때 네게 마음 편히 생활하고 도전해 보라고 했었는데, 너는 어느덧 훌륭히 해내고 이렇게 집으로 돌아왔구나.

우리 모두는 언제나 인생의 초보자라고 생각한다. 그러니 상황이 힘들더라도 조금 더 힘을 내 주기 바란다. 그리고 한 발이라도 더 앞으로 가 보거라. 죽을 것 같은 상황도, 끝이 없을 것 같은 모든 상황도 결국 다 지나간단다. 그러나 더 나아간 것만큼은 오직 너의 것이란다.

사람을 사랑하고, 끝까지 사랑하거라. 세상을 보지 말고 영원히 변하지 않을 것만을 바라보고 사모하거라. 그래야 네가 모두에게 줄 것이 있단다. 딸아, 네가 자랑스럽구나. 사랑한다, 딸아.'

아빠가

봄

꽃이 홀로 피고 진다.

집 앞 버드나무는 더욱 푸르고 자목련은 소리 없이 온 비에 고개를 떨군다. 살구꽃은 하늘에 눈처럼 열리고 홍매화는 더욱 짙어져 부모에게 기쁜 소식 전하러 뛰어가는 젊은이의 얼굴과 같다. 걸음마 뗀 아이의 얼굴처럼 이름 모를 잔꽃들이 저마다 생명을 내고 나이 든 은행나무는 그 속에 작은 아이 품고 소리 없이 천천히 싹을 틔운다.

아무도 보지 않아도 꽃이 홀로 피고 진다.

섬2

세상은 고요하다.

마치며

동틀 무렵 새가 울 때에 어떤 이가 내게 했던 말이 떠올랐다.

바다 건너 멀리 떠난 이였다. 그에게 내가 다시 글을 쓰게 되었다고 말하니, 그가 내게 말했다.

"분명 좋은 글일 거예요. 나는 믿어요."

동이 터서 날이 밝고 나무에 숨은 까마귀가 크게 울 때에도, 여전히 그의 말이 떠올랐다.

해가 바뀌고 오래도록 많은 날을 덧없이 보내며 나는 결국 고작 이런 글들을 남긴다. 누군가 내게 나의 글을 보여 달라고 했을 때 스스로 내 글을 검열하며 밀려드는 민망함과 이것은 나의 것이 아니라고 부정하고픈 나의 속내야말로, 나의 글이 얼마나 빈곤한지를 스스로 알고 있다는 표증일 것이다.

나는 글도 마음도 한없이 빈곤하다.

날이 환히 밝아 와서 까마귀와 참새가 저마다 울어 대고, 까치의 울음소리가 여기저기서 부산하게 들려올 때에 나는 마침내 글을 마치며 그런 생각을 했다.

나는 정말, 좋은 글을 썼을까.

글을 마친다.

상미

초판 1쇄 인쇄 2022년 3월 21일
초판 1쇄 발행 2022년 3월 31일

지 은 이   차예랑
발 행 인   양세진
편   집   전혜진
마 케 팅   정보옥, 이준용
교   열   정빛그림
디 자 인   JK Design
인   쇄   책과 6펜스

펴낸곳   램프앤라이트
주소   경기도 성남시 분당구 장미로 42, 리더스빌딩 716호
전화   070-8670-4340 / 팩스   0504-848-4340
등록   2008년 4월 21일, 제2008-000017호
홈페이지   www.lampnlight.co.kr
이메일   lampnlight@naver.com

copyright   차예랑

책값은 표지 뒤쪽에 있습니다.

* 잘못된 책은 바꿔 드립니다.
* 이 책의 전부 또는 일부 내용을 재사용하려면 사전에 저작권자와 출판사의 동의를 받아야 합니다.
ISBN 979-11-89598-26-6 (03810)